Walter Scott

Der schwarze Zwerg

Ein Roman aus dem schottischen Hochland

Übersetzt von Walter Heichen

Walter Scott: Der schwarze Zwerg. Ein Roman aus dem schottischen Hochland

Übersetzt von Walter Heichen.

Erstdruck: »The Black Dwarf«, Edinburgh, William Blackwood, 1816. Erstdruck dieser Übersetzung: Berlin, A. Weichert, 1904, übersetzt von Walter Heichen unter dem Pseudonym Erich Walter.

Neuausgabe
Herausgegeben von Karl-Maria Guth
Berlin 2019

Der Text dieser Ausgabe wurde behutsam an die neue deutsche Rechtschreibung angepasst.

Umschlaggestaltung von Thomas Schultz-Overhage

Gesetzt aus der Minion Pro, 11 pt

Die Sammlung Hofenberg erscheint im
Verlag der Contumax GmbH & Co. KG, Berlin
Herstellung: BoD – Books on Demand, Norderstedt

ISBN 978-3-7437-3121-9

Bibliografische Information der Deutschen Nationalbibliothek

Die Deutsche Nationalbibliothek verzeichnet diese Publikation in der Deutschen Nationalbibliografie; detaillierte bibliografische Daten sind im Internet über www.dnb.de abrufbar.

1.

An einem prächtigen Aprilmorgen ritten zwei Reiter auf das Gasthaus zu, dessen Schild die Aufschrift »Zum Wallace« führte.

Es hatte in der Nacht vorher tüchtig geschneit. Das Erdreich war mit einem glitzernden Mantel bedeckt, der sicher seine sechs Fuß dick war.

Der erste der beiden Reiter war ein großer, schlanker und kräftiger Mann. Er trug einen grauen Reitrock, als Kopfbedeckung einen mit Wachstuch überzogenen Hut; in der Hand hielt er eine lange dicke Peitsche mit silbernem Griff; die Beine steckten in dicken, wollenen Überziehhosen. Er ritt eine kräftige, braune, stichelhaarige, gutgepflegte Stute, die einen Sattel, wie ihn die Landmiliz führte, und einen Zaum mit doppeltem Gebiss trug. Der Mann, der neben ihm ritt, war allem Anscheine nach sein Diener. Er ritt einen kleinen, braunen Klepper von ziemlich schäbigem Aussehen. Auf dem Kopf trug er eine blaue Mütze, um den Hals geschlungen ein großes gewürfeltes Tuch, statt der Stiefel lange blaue, unten zusammengeschnürte Hosen. Über den Händen trug er Handschuhe, die über und über mit Teer besudelt waren. Seinem Gefährten gegenüber zeigte er eine respektvolle Haltung, die aber nichts von jener Servilität verriet, die man sonst bei Bedientenvolk der Dienstherrschaft gegenüber beobachten kann. Im Gegenteil! Die beiden Reiter ritten selbander in den Hof, und das Gespräch, das sie zusammen geführt hatten, wurde aus beider Kehlen mit dem gemeinsamen Rufe beendigt:

»Behüt uns Gott! Was soll bloß, wenn solch Wetter anhält, aus den Lämmern werden!«

Der Gastwirt trat, als er die Worte vernahm, aus der Tür und nahm das Pferd des vornehmen Reiters am Zügel. Dem andern Reiter wurde der gleiche Dienst vom Stallknecht erwiesen. Mit den Worten »Willkommen in Gandercleugh!« wurden die Fremden begrüßt. Dem Gruße folgte die Frage: »Was gibt es in den südlichen Hochlanden Neues?«

»Neues?«, fragte der Fremde zurück. »Genug, meiner Meinung nach. Alles was wir tun können, ist, dass wir suchen, die Mutterschafe durchzubringen; die Lämmer müssen wir wohl oder übel unter Obhut des schwarzen Zwerges lassen.«

»Hm, hm«, setzte der alte Schäfer, denn das war er, kopfschüttelnd hinzu; »der Zwerg wird um die Zeit herum mit den Fellen krepierter Lämmer wohl alle Hände voll zu tun haben!«

»Der Zwerg, der schwarze?«, fragte Herr Zedekias Cleishbothan, der gelahrte Freund und Beschützer des Verfassers. »Wer mag denn das sein?«

»Pst, pst!«, machte der Pächter. »Ihr habt doch gewiss schon von dem klugen Elshie, dem schwarzen Zwerge, vernommen, oder ich müsste mich stark irren. Es redet ja alle Welt von ihm; aber was da geredet wird, ist doch nur heller Blödsinn! Ich wenigstens glaube kein Wort davon, vom ersten bis zum letzten!«

»Aber Euer Vater hat doch fest daran geglaubt!«, sagte der alte Mann, der an seines Herrn Zweifeln sichtlich seinen Gefallen fand.

»Freilich, freilich! Aber das war auch zur Heidschnucken-Zeit; damals glaubte man allerlei schnurriges Zeug, um das sich kein Geier mehr schert, seitdem die langhaarigen Schafe bei uns heimisch wurden!«

»Umso schlimmer!«, versetzte der Alte. »Ich habe es ja schon oft gesagt, Herr! Euer Vater würde sich die Seele aus dem Leibe geärgert haben, wenn er es hätte mit ansehen müssen, wie der alte Stall zur Schafschur niedergerissen wurde, um steineres Gemäuer um den Park herum zu führen; und um unsern hübschen Ginsterhügel, auf dem er so gern am Abend in seinem Mantel saß und den Kühen zusah, wie sie den Abhang hinunter trabten, würde er sich wohl auch nicht mehr viel scheren, seit das sonnige Fleckchen nach der heutigen Mode mit dem Pfluge umgeackert worden.«

»Still, Bauldie, still!«, rief ihm sein Herr zu. »Lass dir den Schnaps schmecken, den dir der Wirt bringt, und mach dir den Kopf nicht dick mit dem Wandel der Zeiten, solange es dir gut geht, und solange du dich pflegen kannst.«

»Auf euer Wohl, ihr Herren!«, sprach der Schäfer, hob das Glas auf und überzeugte sich, dass es reiner Korn sei, den ihm der Wirt vorgesetzt hatte. Dann setzte er hinzu: »Fürwahr! Für unsereins schickt es sich nicht, ein Urteil zu fassen; aber der Ginsterhügel war ein hübsches Fleckchen und bot den Lämmern, wenn es solch kalte Morgen setzte wie heute, recht guten Schutz.«

»Freilich«, pflichtete sein Herr ihm bei, »aber du weißt doch, Alter, statt Langhaare zu halten, heißt es jetzt, Rüben pflanzen und tüchtig schuften, wenn's welche geben soll! Mit dem Pflug wie mit der Hacke!

Und gar schlecht möchte es aussehen um Haushalt und Wirtschaft, wollten wir uns auf den Ginsterhügel setzen und uns von schwarzen Zwergen erzählen und solcher Kurzweil mehr treiben, allwie es Sitte war vor Zeiten, als noch die Heidschnucken bei uns heimisch waren.«

»Freilich, freilich, Herr«, meinte der Diener, »die kurzhaarigen Heidschnucken ergaben knappe Zinsen.«

Hier mischte sich der würdige gelahrte Herr in die Unterhaltung mit der Äußerung, was die Länge betreffe, so ließe sich seinerseits zwischen Schafen ein wesentlicher Unterschied nicht finden.

Die Bemerkung erregte helles Gelächter vonseiten des Pächters. Der Schäfer aber sah sich starr um vor Staunen und Verwunderung.

»Wenn wir von lang oder kurz sprechen, Mann, so meinen wir nicht das Schaf selber, sondern die Wolle. Wolltet ihr die Schafe nach dem Rücken messen, so würden die, die wir kurz nennen, den längeren Leib von beiden haben. Was heutzutage den Pachtzins aufbringen muss, ist die Wolle, und dabei hat man schon seine Not!«

»Es stimmt schon, Bauldie hat ganz richtig gesagt, ein kurzhaariges Schaf bringt knappen Zins! Mein Vater zahlte bloß 60 Pfund Pachtzins, und bei mir macht's jetzt, auf Heller und Pfennig berechnet, 300 Pfund.«

»Stimmt, stimmt! Aber zu solchem Geschwätz habe ich keine Zeit. Bringt uns das Frühstück und guckt Euch nach unsern Rappen um! Ich will auf Christye Wilsons Pachthof hinüber und mal zusehen, ob wir einig werden können über den Kaufschilling, den ich ihm für seine einjährigen Schafe zahlen will. Auf dem Bosweller Jahrmarkt haben wir den Handel mit sechs Krügen begossen, konnten aber, so viel wir uns auch Zeit nahmen, nicht ins Reine kommen über die einzelnen Punkte. Ich weiß auch nicht, ob wir jetzt ins Reine kommen werden; wenn Ihr aber« – diese Worte galten meinem würdigen, gelahrten Freunde[1] – »über lange Schafe und kurze Schafe mehr hören wollt, so merkt Euch, Nachbar, dass ich um eins zum Essen wieder da bin ... Liegt Euch anderseits daran, über den schwarzen Zwerg oder andern solchen Kram alte Mär zu hören, so kann Euch Bauldie gut und

---

1   Es ist häufig bei Walter Scott der Fall, dass er sich, um eine Erzählung einzuführen, mit einer nur in der Fantasie vorhandenen Figur, »dem gelahrten Freunde« in Unterhaltung setzt über die Art, wie er zu erzählen vorhat. (A. d. Ü.)

reichlich dienen. Ihr braucht ihm bloß einen halben Krug vorzusetzen, dann geht ihm das Mundwerk wie eine Mühlenklapper – und wenn es mir glückt, mit dem Christye Wilson zum Klappen zu kommen, so setz' ich Euch selber einen ganzen Krug vor!«

Zur festgesetzten Zeit kam der Pächter wieder in Begleitung von Christye Wilson; denn beide waren ohne Beihilfe gelahrter Männer des Rechts handelseinig geworden. Des Verfassers würdiger und gelahrter Freund blieb nicht aus, war ihm doch Labsal versprochen worden für Geist und Leib, und wenn er auch in letzterer Hinsicht ein mäßiger Herr war, so hielt er doch viel auf geselliges Beisammensein, und die Gesellschaft, die heut' beisammen saß und der sich auch der wackere Wirt anschloss, hielt aus bis in den späten Abend hinein und würzte Trank und Speise mit allerhand trefflicher Mär und munterm Sange.

Wessen ich mich als letzten Vorfalls erinnere, war ein Fall: der meinen würdigen gelahrten Freund aus seinem Stuhle beförderte, und zwar gerade in dem Moment, als er eine lange Abhandlung über Mäßigkeit zum Abschlusse brachte. Der schwarze Zwerg wurde den Abend über auch nicht vergessen; der alte Bauldie erzählte vielmehr Geschichten über Geschichten von ihm, eine immer interessanter als die andere. Dabei kam es denn auch, freilich erst, als die dritte Punschbowle geleert war, zutage, dass des Pächters Zweifelsucht zum großen Teil auf Fantasie beruhte, dass er – was einem Manne, der 300 Pfund Pachtzins im Jahre zahlte, auch besser stand – freisinnigen Anschauungen nicht abhold und frei von alten Vorurteilen war, dass aber in Wirklichkeit im Grunde seines Herzens der Glaube an die Traditionen seiner Ahnen ziemlich fest saß. Wie es auch sonst Brauch und Sitte bei mir ist, zog ich bei andern Leuten, die zu dem wilden Hirtenland, dem Schauplatz der nun folgenden Erzählung, Beziehungen hatten, Erkundigungen ein und war so glücklich, manches Glied der Geschichte aufzufinden, das nicht allgemein bekannt ist und wenigstens einigermaßen die seltsamen Beigaben zu erklären vermag, mit denen der Aberglaube sie in den Überlieferungen gewöhnlicher Art auszuschmücken geliebt hat.

2.

Im Süden von Schottland, in einem der abgelegensten Bezirke, dort, wo eine Kette hoher kahler Berggipfel die Grenze zwischen Schottland und seinem Schwesterkönigreiche zieht, kehrte ein Jüngling namens Halbert oder Hobbie Elliot von der Hochwildjagd zurück, der sich rühmte, von Martin Elliot, dem in Sage und Lied des Grenzgebietes berühmten Herrn des Preakin Tower, herzustammen.

Es hat Zeiten gegeben in diesen Einöden, da es von Rotwild wimmelte. Jetzt aber war es zusammengeschrumpft auf wenige Rudel, die Zuflucht suchten in den unzugänglichsten fernsten Schluchten, so dass die Jagd gar mühselig und unsicher geworden war. Immerhin fand sich junges Volk, das ihr trotz aller Mühen und Gefahren mit Eifer nachging, noch genug im Lande. Ruhte doch zufolge der friedlichen Vereinigung beider Kronen unter Jakob dem Ersten, König von Großbritannien, das Schwert schon über hundert Jahre in der Scheide! Aber das Land zeigte noch überall Spuren von seiner früheren Beschaffenheit. Die Bewohner, im friedlichen Betrieb ihrer Gewerbe durch die Bürgerkriege des verwichnen Jahrhunderts gestört, hatten sich kaum wieder in regelmäßige Arbeit hineingewöhnt; die Schafzucht hatte ihre alte Höhe bei Weitem nicht erreicht; auf den Höhen und in den Tälern sah man vorwiegend Rindviehherden. Der Pächter baute in der Nähe seines Hauses nur so viel Hafer und Gerste, als er zu Mehl für seinen Hausstand brauchte. Die freie Zeit, welche dem jungen Volke infolge dieses eingeschränkten Ackerbaues übrig blieb, wurde zumeist verwandt auf Jagd und Fischfang; in dem Eifer, mit welchem man der Jagd oblag, kam der abenteuerliche Geist zum Ausdruck, der sich früher bei Raubzügen und feindlichen Einfällen betätigte.

In der Zeit, in welcher unsere Erzählung anhebt, sahen die kühneren Jünglinge weit mehr voller Hoffnung als voller Furcht auf Gelegenheiten, in Wetteifer mit den kriegerischen Taten ihrer Väter zu treten, deren Schilderung ihr schönstes Vergnügen am häuslichen Herde bildete. Als das Parlament von Schottland die sogenannte Sicherheitsakte annahm, herrschte in England allenthalben Beunruhigung, weil dort die Meinung obwaltete, dass dieselbe auf Scheidung der beiden Königreiche nach dem Tode der damals regierenden Königin Anna hinauslaufe. An der Spitze der Regierung von England stand damals Godophin, der mit weitsichtigem Blick erkannte, dass sich die wahrscheinliche Gefahr eines Bürgerkriegs nur durch die Verschmelzung beider Königreiche zu einem einzigen Staatskörper beschwören lassen würde. Wie sich aus der Geschichte dieser Zeit ersehen lässt, versprachen die diesbezüglichen Verhandlungen längere Zeit bei Weitem nicht die günstigen Resultate, die sich seitdem in so hohem Maße eingestellt haben. Hier sei nur bemerkt, dass in ganz Schottland Erbitterung herrschte über die Bedingungen, unter welchen in Edinburgh das Parlament die Unabhängigkeit der Nation preisgegeben hatte. Zufolge dieser Erbitterung entstanden die absonderlichsten Parteiungen, schmiedete die Bevölkerung die tollsten Pläne. Die Cameronier trugen sich mit der Absicht, die Waffen zu erheben für die Restitution des Hauses Stuart, trotzdem sie dasselbe mit Recht als ein Geschlecht von Tyrannen ansahen; Katholiken intrigierten mit Jüngern der anglikanischen Kirche, und diese wieder mit Presbyterianern, gegen die englische Regierung, weil überall die Empfindung herrschte, gegen das Vaterland sei Unrecht verübt worden, überall in Schottland gärte es, und da die schottische Bevölkerung zur Zeit der Sicherheitsakte wohlgeübt im Waffenhandwerk war, hielt sie sich für zum Kriege gerüstet und wartete nur, dass sich Männer aus dem noch besser gerüsteten Adel des Landes fänden, die Feindseligkeiten zu beginnen.

In dieser Zeit offenkundiger Wirrnis setzt unsere Erzählung ein.

Hobbie Elliot, der Jüngling, den wir auf der Heimkehr von der Jagd auf Hochwild im südlichen Schottland trafen, war schon ziemlich weit von der Bergschlucht entfernt, in der er gejagt hatte, und auf dem Heimweg begriffen, als ihn die Nacht überfiel. Hobbie Elliot war ein tüchtiger Weidmann, der jeden Zoll seiner heimatlichen Heide so genau kannte, dass er den Weg drüberhin mit verbundenen Augen gefunden hätte. Der Einbruch der Nacht hätte ihn also in keiner Weise gestört, wenn er sich nicht gerade an einer Stelle der Heide befunden hätte, von der es in der ganzen Gegend hieß, dass böse Geister dort ihr Wesen trieben. Hobbie Elliot hatte solcher Mär von Kindesbeinen an gespannten Ohrs gelauscht, und gleichwie kein anderer Teil von Schottland solchen Reichtum an Mären und Sagen bot, so war auch niemand in solchen gruseligen Dingen bewanderter als Hobbie vom Heugh-foot. Diesen Namen führte nämlich unser Held zum Unterschied von einem ganzen Dutzend Elliots, die den gleichen Taufnamen hatten wie er. Und darum brauchte er sich das Gedächtnis nicht sonderlich anzustrengen, um sich all der grausigen Ereignisse zu erinnern, deren Schauplatz die weite Einöde gewesen war, auf die er den Fuß zu setzen in Bereitschaft stand. So schnell und lebhaft traten sie ihm auch in das Gedächtnis, dass er sich einer gewissen Beängstigung nicht zu erwehren vermochte.

Das Mucklestane-Moor hieß die schreckliche Einöde, nach einer unbehauenen Granitsäule von beträchtlicher Höhe, die in der Mitte der Heide auf einer Anhöhe emporragte, vielleicht als Kunde von den gewaltigen Toten, die unter ihr ruhten, vielleicht auch zum Gedenken an den blutigen Kampf, der an dieser Stätte ausgefochten worden war.

Weshalb die Säule errichtet worden, war in Vergessenheit geraten. Mündliche Überlieferung, gar oft im gleichen Maße Mutter der Dichtung wie Hüterin der Wahrheit, hatte den Sagenschatz Schottlands um eine Nummer bereichert, deren Hobbie sich in diesem Moment erinnerte.

Der Boden rings um die Säule war mit großen Blöcken vom gleichen Gestein wie die Säule übersät. Im Volksmunde hießen sie zufolge einer gewissen, wenn auch wohl weit hergeholten Ähnlichkeit, die Graugänse des Mucklestane-Moors. Die Sage gab dem Bild und dem Namen eine andere Auslegung: Eine schreckliche, im ganzen Lande bekannte Hexe, die früher in diesen Höhlen hauste und allerhand Unheil stiftete, Mutterschafe zu unzeitigem Lammen und Kühe zu unzeitigem Kalben brachte, die mit ihren Schwestern hier ihre nächtlichen Orgien hielt, wofür sich als Merkmale noch zahlreiche Kreise im Erdreiche vorfanden, in deren Bereich weder Gras noch Heidekraut wachsen konnte, weil die Teufel mit ihrem sengenden Klumpfuß den Rasen beim Hexentanz bis auf die Wurzel ausgebrannt hatten – diese schreckliche Hexe sollte in grauer Vorzeit eine Gänseherde über das Moor getrieben haben, um sie auf einem Markte in der Nähe zu verkaufen; aber die Gänse waren bald, statt auf dem gangbaren Wege zu bleiben, in die Sümpfe und Teiche, mit denen die Gegend hier übersät war, geflohen. Wütend hierüber sollte die Hexe den Teufel zu Hilfe gerufen haben, dass er die Gänse an die Stelle banne. Satanas hatte sich nicht nötigen lassen, sondern Hexe und Gänse zu Stein verwandelt.

Aller Einzelheiten dieser Sage gedachte Hobbie während seines Ganges über das Moor. Es fiel ihm ein, dass nächtlicherweile sich niemand an diese Stätte wage, wo noch immer Böcke und Ziegen und Kobolde, die Genossen der schrecklichen Hexe, ihren Teufelsspuk trieben. Aber Hobbie bekämpfte mannhaft all diese Regungen von Furcht; er rief das Paar mächtiger Hühnerhunde, die ihn auf seinen Jagdzügen begleiteten und sich, wie er selbst sagte, weder vor Hund noch vor dem Teufel fürchteten, an seine Seite. Er untersuchte das Zündkorn auf seiner Büchse und trällerte, wie der Narr von Halloween, das kriegerische Lied vom Jock, ähnlich jenem General, der die Trommeln rühren lässt, um den Mut seiner Soldaten, in den er Zweifel setzt, zu stärken.

In solchem Gemütszustand vernahm er hinter sich, zu seiner nicht geringen Freude, die Stimme eines Freundes, der ihm zurief, ob es ihm recht sei, wenn er sich ihm anschlösse. Hobbie verlangsamte seine Schritte und sah sich bald von einem andern Jüngling eingeholt, den er gut kannte, und der in der ganzen Gegend als reicher »Herr« galt. Genau wie Hobbie Elliot, hatte auch er der Jagd gefrönt.

Earnscliff hieß der Jüngling, »ein Mann vom gleichen Schlage« wie Hobbie Elliot: Vor Kurzem mündig geworden, war er in den Besitz der bescheidenen Überreste eines Vermögens gelangt, das zum größten Teil durch die Bürgerkriege, in denen seine Familie eine Rolle gespielt hatte, verschlungen worden war. Nichtsdestoweniger stand die Sippe Earnscliff im ganzen Lande in Achtung, und auch der junge Herr, der jetzt zu Hobbie Elliot trat, schien alle Eigenschaften zu besitzen, die diesen guten Leumund wahren konnten.

»Na, Earnscliff«, hub Hobbie an, »dass ich Euer Gnaden begegne, ist mir wahrhaftig sakrisch lieb! Auf solchem öden Moor, wo sich Kobolde Stelldichein geben, ist es ein Glück, auf Gesellschaft zu stoßen. Wo habt Ihr gejagt?«

»Auf dem Carla-Cleugh, Hobbie«, versetzte Earnscliff, den Gruß des Bekannten erwidernd; »aber meint Ihr, dass Eure Hunde Ruhe halten werden?«

»O doch«, entgegnete Hobbie, »können sie doch kaum noch auf den Beinen stehen! Fürwahr, ich glaube, die Hirsche und Rehe sind aus dem Lande geflohen: Bis Ingar-fall-food bin ich gekommen, ohne auf ein Geweih zu treffen, zwei vertrackte Hirschkühe ausgenommen, die mich nie zum Schuss kommen ließen, trotzdem ich eine Meile Umweg machte, um ihnen den Wind abzufangen. Ich bin ja nicht weiter erpicht auf Wild, bloß hätte ich gern für unsere alte Urahn einen Braten gehabt. Das alte, mürrische Weib sitzt daheim im Winkel und schmäht über die faulen Jäger von heute, die denen früherer Zeit das Wasser nicht reichen! Es mag wohl sein, dass die alles Wild im Lande zur Strecke gebracht haben!«

»Na, tröstet Euch, Hobbie! Ich hab einen feisten Bock geschossen und heut früh nach Earnscliff geschickt; die Hälfte sollt Ihr haben für Eure Urahn!«

»Dank, Dank, Herr Patrik! Euer gutes Herz ist ja bekannt im ganzen Land! Die Alte wird sich freuen, umso mehr, wenn sie vernimmt, dass der Braten von Euch gekommen! Noch mehr aber, wenn Ihr selber Euch einstellen wollet zum Mahle, denn sicherlich lebt Ihr jetzt einsam im alten Turm, während Eure Sippe im garstigen Edinburgh weilt. Dass Menschen, die auf herrlichen, grünen Hügeln hausen können, sich heimisch fühlen können zwischen steinernen Häusern mit Schieferdächern, das wundert mich!«

»Die Rücksicht auf meine und meiner Schwester Erziehung war für meine Mutter der Grund, mehrere Jahre in Edinburgh zu wohnen, aber Ihr könnt Euch drauf verlassen, dass die verlorene Zeit von mir eingebracht werden wird.«

»Ihr müsst halt Euren alten Turm ein bisschen herrichten lassen«, versetzte Hobbie, »und Euch den alten Freunden der Sippe nachbarlich anschließen, wie es sich für den Gutsherrn von Earnscliff schickt. Meine Mutter oder vielmehr Großmutter – wir nennen sie bloß Mutter, seit wir die rechte Mutter durch den Tod verloren haben – bildet sich, glaubt mir, zum Beispiel ein, sie stände mit Euch in keinen allzu weiten Verwandtschaftsgrade.«

»Ganz richtig, Hobbie! Ihr dürft mich morgen in Heugh-foot erwarten. Zum Essen.«

»So, das lass ich mir gefallen, Earnscliff! Das ist ein höflicher Bescheid. Wir sind alte Nachbarn, wenn auch schließlich nicht mitsammen verwandt. Meine liebe Großmutter will Euch gern bei sich sehen. Sie spricht oft von Eurem Vater, der vor langer Zeit sein Leben lassen musste.«

»Pst, pst, Hobbie! Davon kein Wort mehr! Diese Sache ruht besser in Vergessenheit!«

»Ich weiß nicht, wäre uns solches zugestoßen, so würden wir den Tag nicht eher vergessen haben, als bis wir gewisse Genugtuung bekommen hätten. Aber Ihr Herren von Stand kennt ja eure Wege am besten. Ellieslaws Freund hat, wie mir gesagt worden, Euren Vater erstochen, nachdem ihm der Gutsherr selber den Degen entwunden hatte.«

»Ach, lasst doch, Hobbie! Die Männer saßen beim Wein und diskutierten. Da gab es Rauferei wegen politischer Meinungsverschiedenheit. Es wurden viele Degen gezogen. Wer den Stoß gegen meinen Vater geführt hat, lässt sich unmöglich sagen.«

»Geholfen dabei hat der alte Ellieslaw jedenfalls und aufgehetzt dazu ganz entschieden. Eines Unrechts könnte Euch niemand zeihen, wenn Ihr Rachegelüste wider ihn hättet; denn Eures Vaters Blut klebt an seinen Nägeln. Zudem ist er Jakobit und Bischöflicher. Im Lande rechnet man darauf, dass es zwischen Euch was setzen werde. Das kann ich Euch sagen.«

»Ach, schämt Euch doch!«, versetzte der junge Gutsherr. »Ihr wollt fromm sein und stachelt Euren Freund auf zu Gesetzesbruch und eigenmächtiger Rache? Obendrein an einem Orte, wo Geister ihren Spuk treiben und kein Mensch wissen kann, von was für Wesen er belauscht wird!«

»Pst, pst!«, machte Hobbie, seinem Kameraden näher rückend. »An solche Dinge habe ich nicht gedacht. Aber was Eure Hand zurückhält, Herr Patrik, lässt sich leicht erraten. Dass es nicht Mangel an Mut ist, wissen wir alle recht gut, aber ebenso gut wissen wir, dass es zwei graue Augen einer schönen Jungfrau sind, die Euren Zorn in Banden halten – Miss Isabella Veres graue Augen!«

»Glaubt mir, Hobbie«, versetzte ziemlich ärgerlich sein Reisekamerad, »hierin irrt Ihr! Solche Gedanken hegt Ihr zu Unrecht, und besser tätet Ihr, ihnen solchen Ausdruck nicht zu geben! Denn nun und nimmer werde ich jemand gestatten, sei es wer es sei, dass er sich erkühnt, meinen Namen in Beziehung zu bringen mit eines jungen Mädchens Namen.«

»Seht an! Seht an!«, versetzte Elliot. »Habe ich nicht eben gesagt, Mangel an Feuer sei es nicht, durch das Ihr so zahm geworden? Schon gut! Schon gut! Kränken hab ich Euch nicht wollen. Aber etwas gibt es, das Ihr Euch wohl merken könnt, wenn es ein Freund Euch sagt. Dem alten Laird von Ellieslaw fließt das alte Raubritterblut weit heißer im Herzen als Euch. Von den neumodischen Anschauungen über Ruhe und Frieden geht ihm wahrlich nichts in den Kopf. Bei ihm heißt's, wie vordem, Überfall und Wegelagerei sind ehrliches Edelmannshandwerk; und die Schar strammer Kerle, die zu ihm schwören, hält er wie junge Füllen so frisch und munter. Wo er sein Geld hernimmt, weiß niemand und kann niemand sagen. Aber üppig lebt er, schier wie der Herrgott in Frankreich, und mehr, weit mehr gibt er aus als ihm sein bisschen Haus und Hof einbringt. Freilich, er bezahlt ganz nach Lust und Laune. Aber bricht im Land ein Aufstand aus, so ist er sicher der Mann bei der Spritze! Auch des alten Haders mit Euch vergisst er wohl nie. Mir ist's immer so zumute, als ob es ihm in den Fingern kribble, am alten Turm von Earnscliff sich das Mütchen zu kühlen.«

»Gut, Hobbie«, erwiderte der junge Gutsherr; »sollte er wirklich so schlecht beraten sein, dann will ich zusehen, den alten Turm gegen ihn zu halten, wie es in früherer Zeit andere, die besser waren als ich, wider andre getan, die besser waren als er.«

»Recht so, Earnscliff! Recht so!«, stimmte der kräftige Rittersmann von der Landmiliz bei. »Jetzt sprecht Ihr wie ein Mann! Blast Ihr aus solchem Horn, dann braucht Euer Diener bloß die große Glocke im Turm zu schwingen, so bin ich mit meinen zwei Brüdern und Davie von Stenhouse und allen Reisigen, die wir aufbringen können, schneller zur Stelle, als ein Flintenschloss zuklappt.«

»Ich danke Euch, Hobbie«, versetzte Earnscliff; »hoffentlich erleben wir keinen so unnatürlichen und unchristlichen Krieg im Lande!«

»Hm, Herr Patrik«, versetzte Hobbie, »was wäre es wohl weiter als ein kleiner Zwist zwischen Nachbarsvolk? Auf solch schlechtem Ackerboden möchten Himmel und Erde wohl Nachsicht üben. So etwas liegt nun einmal in der Natur von Land und Volk. So verschlafen und ruhig wie Londoner Bürger können wir unser Leben nicht hinbringen, denn wir haben nicht so viel Arbeit. Das ist ein Ding der Unmöglichkeit!«

»Nun, Hobbie«, versetzte der Laird, »für jemand, der so fest an übernatürliche Dinge glaubt wie Ihr, stellt Ihr auf solchem Moorboden wie dem hier den Himmel gar keck auf die Probe!«

»Was schert mich das Mucklestane-Moor mehr denn Euch!«, versetzte barsch Hobbie Elliot. »Freilich, es soll ja, wie die heute reden, so etwas wie ein Kobold sein Wesen hier treiben, einträchtiglich mit langgeschwänzten Dingen! Aber was geht das mich an? Mein Gewissen ist rein und zu verantworten hab ich wenig, höchstens einen Zwist mit jungen Burschen oder eine Rauferei auf dem Jahrmarkt, und das sind Dinge, des Redens nicht wert. Wenn ich es auch selber sage, so bleibt es doch wahr: Ich bin ein ruhiger Mensch und keiner, der Händel sucht ...«

»Ei, und Dick Turnbull, dem Ihr den Schädel eingeschlagen, und Willie von Winton, auf den Ihr geschossen habt?«, fiel ihm sein Kamerad ins Wort.

»Haltet ein, Earnscliff! Ihr führt ja, scheint's, Register über Tun und Lassen der Mitwelt? Dem Dick Turnbull ist der Schädel wieder geheilt worden und der alte Streit zwischen uns soll in Jeddard am Kreuzsteg ausgefochten werden, so dass es also in Frieden abgehen wird. Mit Willie von Winton stehe ich aber wieder auf gutem Fuß; der arme Schlingel hat ja bloß ein paar Schrotkörner ins Kreuz bekommen. Das könnt mir jeder antun, der eine Pinte Schnaps vorfahren lässt; aber Willie von Winton ist in den Niederlanden aufgewachsen und hat zu große Angst um sein Leben. Und was nun noch die Kobolde und Langschwänzer anbetrifft, die hier spuken sollen, so meine ich, sollten wir etwa auf dergleichen stoßen –«

»So unwahrscheinlich ist das nicht, Hobbie!«, versetzte der junge Earnscliff. »Jesus! Seht doch, Hobbie! Dort steht ja Eure alte Hexe!«

»Wie gesagt, Earnscliff«, rief Elliot, in dem unterbrochenen Satze fortfahrend, wie wenn er sich über die Anspielung ärgere, »sollten wir auf so etwas treffen und sollte die alte Hexe just hier aus dem Boden aufsteigen, so sollte mich das nicht mehr scheren, als wenn – aber, Gott behüte uns, Earnscliff! Was kann das ... das sein?«

3.

Was den jungen Pächter mitten in seiner Rede schreckte, versetzte auf einen Augenblick auch seinen in Vorurteilen weniger befangenen Kameraden in Unruhe. Während ihrer Unterhaltung war der Mond aufgegangen, gleichsam im Kampf mit dem Gewölk, und nur von Zeit zu Zeit ein zerrissenes Licht über das Moor werfend. Ein Strahl desselben traf die hohe, granitne Säule, in deren Nähe sie gerade standen, und nun erblickten sie eine Gestalt, scheinbar ein Mensch, aber von kleinerer Gestalt als bei Menschen die Regel. Langsam bewegte sie sich unter dem grauen Gestein, nicht wie jemand, der einem bestimmten Ziele zustrebt, sondern bedächtig, unsicher, unschlüssig, gleich einem Wesen, das um einen Ort schwebt, an welchem traurige Erinnerung haftet.

Hin und wieder drangen von der Gestalt Laute herüber, die sich anhörten wie leises, klapperndes Geflüster. Und was er sah und was er hörte, das glich der Vorstellung, die sich Hobbie Elliot über Geisterspuk und Geister machte, so ganz aufs Haar, dass er stehen blieb, dieweil ihm die Haare zu Berge stiegen.

»Die alte Aillie ist's! Die alte Aillie leibhaftig!«, flüsterte er dem Gefährten zu. »Soll ich auf sie schießen im Namen Gottes?«

»Nein! Um des Himmels willen nein!«, rief sein Gefährte, rasch das Gewehr niederreißend, das schon an des andern Backe lag. »Nein! Nein! Es ist ein armes, wahnwitziges Wesen!«

»Ihr seid selber wahnwitzig, dass Ihr's Euch einfallen lasst, Euch so dicht an das Wesen heran zu wagen!«, erwiderte Elliot, den Kameraden am Ärmel festhaltend, als er weitergehen wollte. »Zeit zu einem kurzen Stoßgebet wird uns hoffentlich bleiben, ehe sie bis zu uns heran ist! Wenn mir nur ein Stoßgebet einfallen wollte!«

»Sicher, Elliot! Sicher!«, versetzte Earnscliff. »Sie hat ja keine Eile!«

»Nein, das stimmt, lahm wie eine Henne läuft sie, die eine heiße Hühnersteige hinauf will!«, meinte Hobbie, den die Ruhe seines Kameraden und die Weise der Erscheinung, die sich um die beiden Jünglinge wenig zu kümmern schien, beherzter machte. Nichtsdestoweniger fuhr er, nach einer Weile umschwenkend, in leisem Flüstertone fort: »Ich möchte doch raten, Earnscliff, wir machen einen Umweg, als suchten wir einem Hirsch den Wind abzugewinnen! Der Sumpf ist nur knietief, und besser ist schließlich ein schlechter Weg noch immer als eine schlechte Gesellschaft!«

Indessen ging Earnscliff, aller Einreden und alles Sträubens vonseiten seines Kameraden ungeachtet, auf dem Wege, den er eingeschlagen hatte, weiter und stand dem Wesen, das er zu erforschen trachtete, bald gegenüber.

Die Erscheinung, deren Höhe sich noch zu verringern schien, je näher die Jünglinge kamen, mochte knapp vier Fuß messen. So weit sich ihre Gestalt bei dem unsichern Licht erkennen ließ, war sie fast ebenso breit wie lang oder glich vielmehr einer Kugel, die bloß durch seltsame leibliche Entstellung entstanden sein konnte. Der junge Jäger begrüßte die absonderliche Figur zweimal, ohne Antwort zu erhalten, bekümmerte sich aber nicht im Geringsten um seinen Kameraden, der ihm eindringlich zu verstehen geben wollte, am besten sei es weiterzugehen, ohne sich um ein Wesen von so seltsamem und übernatürlichem Äußern länger zu bekümmern.

Auf die dritte Frage, die Earnscliff stellte: »Wer seid Ihr? Und was treibt Ihr hier zu solcher nächtlichen Stunde?« gab eine Stimme Antwort, deren geller, widerwärtiger Klang Hobbie Elliot so in Furcht jagte, dass er um ein paar Schritte zurückwich:

»Geht Eures Wegs und fragt Leute nicht aus, die nichts von Euch zu wissen begehren!«

»Was treibt Ihr hier, so fern von allem Obdach? Habt Ihr Euch verspätet auf der Wanderung? Wollt Ihr uns heimbegleiten, sollt Ihr gern ein Obdach haben!«

»Behüte Gott!«, rief Hobbie Elliot unwillkürlich. »Da möcht' ich mich schon lieber tief unten im Tarrasflusse verkriechen!«

»Geht Eures Wegs!«, rief die Gestalt wieder, deren Stimmklang durch den Zorn, die sie erfüllte, noch geller und hässlicher klang als vordem. »Eurer Wohnung bedarf ich nicht! Fünf Jahre ist es her, seit mein Haupt in einer menschlichen Behausung geruht hat, und hoffentlich war dies das letzte Mal!«

»Er ist von Sinnen«, sprach Earnscliff.

»Er sieht ganz so aus, wie der alte Klempner Humphrey Ettercap, der vor etwa fünf Jahren hier im Moor umkam«, meinte sein abergläubischer Gefährte, »bloß war Humphrey Ettercaps Leib nicht so dick.«

»Geht Eures Wegs!«, rief die Gestalt abermals. »Atem aus Menschenleib verpestet die Luft, die mich umgibt, und menschlicher Stimmenschwall sticht mir gleich scharfen Nadeln in die Ohren.«

»Gott nehme uns in seinen Schutz!«, flüsterte Hobbie. »Wie kommt es, dass ein Toter solch schreckliche Bosheit hegt gegen Lebende! Seine Seele muss sich in gar kläglichem Stande befinden!«

»Kommt, Freund«, sprach Earnscliff, »es scheint, Euch quält gar herber Kummer! Dass wir Euch hier allein zurücklassen, verbietet uns menschliches Gefühl.«

»Menschliches Gefühl!«, rief mit höhnischem Lachen das Wesen. »Woher habt Ihr das Wort, andre zu locken? Diese Schlinge für Schnepfen? Diese blöde Menschenfalle? Diesen Köder, den der unglückliche Tor hinunterschluckt, um dann zu spüren, dass er an einer Angel hängt, mit zehnmal spitzigerem Widerhaken im Halse? Dass es ihm geht gleich wie dem Tiere, das der Mensch mordet, um seiner Üppigkeit zu frönen?«

»Freund, Freund! Ich sage Euch, Ihr ermangelt der Fähigkeit, Eure Lage zu fassen! Ihr werdet umkommen in der Wildnis, und Mitleid gebietet uns, Euch mit uns zu nehmen!«

»Damit mag ich nichts zu schaffen haben«, sprach Hobbie. »Um Gottes willen, lasst dem Gespenst Weg und Willen!«

»Mein Blut komme über mein Haupt, wenn ich hier umkomme«, schrie die Gestalt; und als sie merkte, dass Earnscliff mit sich zurate ging, ob er Hand an sie legen solle, setzte sie hinzu: »Und über Euer Haupt komme Euer Blut, wenn Ihr den Saum meiner Kleider antastet und mich mit dem Schmutz der Sterblichkeit besudelt!«

Als die Gestalt diese Worte sprach, warf der Mond helleren Schein und Earnscliff sah, dass sie in der hochgehaltenen Rechten eine Waffe hielt, glitzernd gleich der Klinge eines langen Messers oder dem Lauf eines Terzerols.

Sich um einen Menschen zu bekümmern, der Waffen und solch grobe Sprache führte, wäre wahnsinnigem Bemühen gleichgekommen. Zudem wurde Earnscliff inne, dass er vonseiten seines Gefährten auf Hilfe nicht zu rechnen habe; denn er war, der Erscheinung den Rücken gewandt, nach der Heimat unterwegs. So drehte auch Earnscliff um, nachdem er dem seltsamen Wesen noch einen Blick zugeworfen, und ging Hobbie hinterher. Das seltsame Wesen aber jagte um die granitne Säule herum, wie wenn das kurze Gespräch seine Raserei auf den Gipfel getrieben hätte, und schrie sich heiser in wilden Verwünschungen, die schrecklich in der öden Heide klangen.

Eine Zeit lang schritten die beiden Jäger schweigend nebeneinander her, bis sie die gellen Töne nicht mehr hörten. Aber nicht eher war dies der Fall, als bis sie ein beträchtliches Stück von der granitnen Säule weg waren, von welcher das Moor seinen Namen entlehnt hatte. Jeder zog über den Auftritt, dessen Zeugen sie gewesen waren, still für sich seine Schlüsse, bis plötzlich Hobbie Elliot ausrief:

»Wisst, Earnscliff! Ich möchte behaupten, wenn es ein Geist ist, was wir sahen, so muss es der Geist eines Menschen sein, der Böses getan und Böses gelitten hat und den dieses zwiefache Böse nach seinem leiblichen Tode auf solch schlimme Weise zu rasen zwingt!«

»Mir scheint es, als sei dies unglückliche Wesen vom Wahnsinn des Menschenhasses befallen!«, meinte Earnscliff, der Richtung folgend, in welcher seine Gedanken sich bewegten.

»Also seid Ihr der Meinung nicht, dass es ein Gespenst war, was wir sahen?«, fragte Hobbie den Kameraden.

»Nein! Ganz sicher nicht!«

»Nun ja, ich bin wohl selber auch der Meinung, dass es ein lebendiges Ding sein kann, meines Wissens aber kann einem Kobold kein lebendig Ding ähnlicher sehen als dieses!«

»Auf alle Fälle will ich morgen zurückreiten und nachsehen, was aus dem armen, unglücklichen Wesen geworden ist«, sagte Earnscliff.

»Bei hellem Tage?«, fragte der Reitersmann. »Dann will ich Euch begleiten mit Gottes gnädigem Schutz. Jetzt aber sind wir meinem Pachtgut zwei volle Meilen näher als Eurem Hause! Ihr tut also besser, mit mir zu gehen. Ich kann ja meinen Burschen auf dem Klepper hinüberschicken, dass er Euren Leuten melde, wo Ihr seid. Außer dem Bedientenvolke und Eurem Kater erwartet Euch, wie ich mir denke, ja doch niemand!«

»Gut, Freund Hobbie, ich gehe mit«, erwiderte der junge Jäger, »und da ich nicht Ursache sein möchte, dass meine Bedienten sich über mein Ausbleiben ängstigen oder mein Kater sein Futter nicht bekommt, so soll es mir lieb sein, wenn Ihr, wie Ihr gesagt, Euren Burschen hinüber schicken wollt.«

»Ein freundlicher Bescheid! Das lasse ich gelten! Also heim nach Heugh-foot! Die Meinigen werden sich freuen, Euch zu sehen.«

Schnellen Schrittes gingen sie weiter. Auf den Rücken eines ziemlich steilen Hügels gelangt, rief Hobbie Elliot:»Wisst, Earnscliff, mich freut's immer, wenn ich auf diesen Fleck hier komme! Seht Ihr dort unten das Licht? Das kommt vom Fenster der großen Stube herüber, in der die alte, geschwätzige Urahn das Spinnrad schnurren lässt. Und das andere Licht dort, das an den Fenstern rück- und vorwärts tanzt? Seht Ihr's? Das ist meine Base, die Grace Armstrong, doppelt so geschickt in der Hauswirtschaft wie meine Schwestern. Das lassen die auch selber gelten, denn es sind so gutmütige Dinger, wie nur je eins den Fuß auf die Heide gesetzt hat! Und die Urahn, die sagt's auch, dass die Base weit flinker und rühriger ist als die andern und am besten in der Stadt auf dem Markte einkauft, nachdem die Urahn das Haus nicht mehr verlassen darf. Von meinen Brüdern ist der eine unterwegs, dem Lord Kammerherrn die Aufwartung zu machen, ein andrer ist in Mosspha-draig, dem andern Pachthofe von uns, den wir weiterverpachtet haben. Er versteht mit dem Rindvieh genauso umzugehen wie ich.«

»Mein Lieber! Ihr seid gut daran, so viel tüchtige Verwandte zu besitzen!«

»Fürwahr! Das ist auch der Fall! Grace macht mich zum dankbaren Menschen – ich werde es nie leugnen! Aber, Earnscliff, Ihr seid ja auf hohen Schulen, in Edinburgh auf der Universität, gewesen und habt überall dort gelernt, wo sich's am besten lernen lässt – sagt mir doch – nicht dass die Frage mich besonders anginge – aber ich hörte einen Diskurs über die Frage zwischen dem Prediger von Saint-John und unserm eignen Pfarrer auf dem Wintermarkte darüber, und sie redeten beide sehr gut – der Priester meinte, es sei wider das Gesetz, seine Base zu ehelichen; ich kann aber nicht sagen, dass mir seine Bibelsprüche auch nur halb so gut gefallen hätten wie die von unserm Pfarrer, der ja für den besten Gottesmann und Prediger zwischen hier und Edinburgh gehalten wird … unser Pfarrer bewies ihm das Gegenteil. Glaubt Ihr, Earnscliff, dass der unsrige im Recht war?«

»Alle Christen protestantischen Glaubens, Hobbie, halten die Ehe ganz so frei, wie sie Gott der Herr durch das mosaische Gesetz eingesetzt hat. Darum, Hobbie, kann zwischen Euch und Miss Armstrong keine Rede sein von einem Hindernis, weder einem gesetzlichen noch einem religiösen.«

»Lasst doch den Scherz beiseite, Earnscliff!«, antwortete sein Kamerad. »Trifft Euch jemand an wundem Fleck, so fehlt's ja bei Euch am Zorn auch nicht. Wenn ich die Frage stellte, so geschah es ganz ohne Bezug auf Grace; denn Ihr müsst wissen, dass sie bloß die Tochter ist von meines Oheims Frau aus erster Ehe, also gar nicht leiblich mit mir verwandt, sondern nur in weitem Grade verschwägert … Ei! Jetzt sind wir aber am Shellnig-Hill. Ich will die Büchse abfeuern, den Leuten im Hause zum Zeichen meiner Ankunft. Das ist stets Brauch bei mir! Habe ich ein Stück Rotwild geschossen, dann gibt's einen Doppelknall: einen für das Wildbret, den andern für mich!«

Alsbald knallte der Schuss und alsbald fingen die Lichter im Hause an zu wandern, sogar bis vor das Tor hinaus. Hobbie machte seinen Gefährten aufmerksam auf eines der Lichter, das aus dem Hause nach einem Wirtschaftsgebäude zu schweifen schien.

»Das ist Grace selber«, meinte Hobbie, »die kommt mir nicht an der Tür entgegen, darauf wette ich. Aber hinausgegangen sein wird sie, um zu sehen, ob das Futter fertig ist für meine Hunde, die armen Tiere.«

»Liebst du mich, dann lieb auch meinen Hund! Nicht wahr, Hobbie?«, meinte Earnscliff. »Ihr seid ein glücklicher Jungmann, Hobbie!«

Ein Seufzer oder doch ein ihm ähnlicher Ton begleitete diese Äußerung und dem Ohr des Kameraden entging das nicht. »Hm! Es können doch andre ganz ebenso glücklich sein wie ich! Hab doch auch beim Wettrennen in Carlisle gesehen, wie Miss Isabel Vere den Kopf nach jemand hin drehte! Wer weiß, was für Dinge in dieser Welt vorgehen können!«

Earnscliff murmelte etwas wie eine Antwort, ob er damit aber den Worten des Kameraden beipflichten oder sich gegen dergleichen Anspielungen verwahren wollte, ließ sich nicht heraushören. Wahrscheinlich war sein Wunsch, seine Stellung zu dieser Frage möglichst zweifelhaft und dunkel zu lassen. Die beiden Jünglinge waren nun den breiten Pfad hinunter geschritten, der sich am Fuß einer steilen Höhe entlang zog und nach der Vorderseite des mit Stroh gedeckten, behaglichen Pachtgebäudes führte, in welchem Hobbie mit seiner Sippe wohnte.

Vergnügte Gesichter drängten sich an der Tür. Aber als man sah, dass Hobbie nicht allein kam, sondern einen fremden Mann mitbrachte, unterblieb manche spöttische Bemerkung, die Hobbie wegen seines magern Jagderfolges zu hören bekommen sollte. Unter den drei hübschen jungen Mädchen kam es zu manchem Hin und Her, weil jede von ihnen der andern das Amt zuschieben wollte, den fremden Jüngling in die Gast- oder Fremdenstube zu führen; wahrscheinlich aber drehte es sich darum, dass sich keine im Hauskleide hübsch genug vorkam, um einem andern Jüngling, als dem eigenen Bruder, sich zu zeigen.

Unterdes kanzelte Hobbie sie alle zusammen – bloß Grace nicht, denn die war nicht dabei – auf herzliche, aber ziemlich resolute Weise ab, nahm der einen von diesen Dorfschönen das Licht aus der Hand, mit dem sie nicht ungeschickt spielte, und führte seinen Gast zuvörderst in die Familienstube oder »Halle«. Das Pachthaus war nämlich in früherer Zeit eine Art Bollwerk gewesen, eingerichtet zur Verteidigung gegen Grenzer und Wegelagerer, deshalb war die große oder Familienstube gewölbt und gepflastert, zufolgedessen freilich auch feucht und im Vergleich mit den Bauernhäusern unserer Tage nichts weniger als heimlich oder gemütlich. Immerhin meinte Earnscliff, gegen die Dunkelheit und den rauen Wind draußen mit dem durch ein helles, mächtiges Feuer von Torfstücken und Erlenscheiten gut durchwärmten Raume keinen schlechten Tausch gemacht zu haben. Die alte würdige

Dame in dem engen, saubern Rock aus hausgesponnener Wolle, mit der großen, goldenen Halskette und den schweren goldnen Ohrbommeln und dem Käppchen mit Flügelhaube auf dem greisen Haupte, die Herrin über Haus und Sippe und einer Edeldame nicht minder gleich als der Frau eines Pächters, zumal sich in ihr ja beides verkörperte, hieß den Jüngling wiederholt mit freundlichem Worte willkommen; sie saß an der Ecke des großen Kamins in einem geflochtenen Lehnstuhl und überwachte von hier aus die abendlichen Arbeiten der Mädchen und der Hausmägde, die hinter ihren jungen Herrinnen saßen, emsig die Spindel drehend.

Als man sich der Pflichten gegen Earnscliff durch freundlichen Willkommen entledigt und Weisung gegeben hatte zur Herrichtung des Abendtischs, kam Hobbie an die Reihe, gegen den von der Urahn sowohl wie von den Schwestern ein spöttisches Kleingewehrfeuer wegen seines mäßigen Jagdglückes eröffnet wurde.

»Für das bisschen Wildbret, das Hobbie mit heimgebracht hat, brauchte Jenny wahrlich das Küchenfeuer nicht in Glut zu halten!«, sagte die eine der Schwestern.

»Die glimmende Torfasche hätte, ein bisschen derb angeblasen, wohl ausgereicht, um Hobbies Wildbret gar zu rösten«, meinte eine andre.

»Ein Lichtstumpf, in den der Wind sich gesetzt hatte, möchte es wohl auch getan haben!«, bemerkte eine dritte. »Ich an seiner Stelle hätte mich doch noch mit einer Krähe oder Dohle dick getan, statt mich dreimal ohne Hirschgeweih nach Hause zu trollen!«

Hobbie blickte von der einen zur andern, die Stirne runzelnd und schelmisch dabei lächelnd. Er suchte sogar dadurch, dass er des Geschenks Erwähnung tat, das ihm sein Kamerad machen wollte, bei den Frauen eine günstigere Meinung von sich zu wecken.

»Als ich jung war«, mischte die alte Dame sich in das Gespräch, »hätte sich jeder Mann geschämt, der nicht, einem Krämer gleich, der mit Kalbfellen handelt, mit einem Rehbock auf jeder Pferdseite nach Haus gekommen wäre.«

»Wenn uns die Jäger früherer Jahre bloß noch Wild übrig gelassen hätten«, versetzte Hobbie; »aber Eure Altersgenossen haben, wie mir scheint, ratzekahl damit aufgeräumt!«

»Du siehst aber doch, Hobbie«, meinte die älteste Schwester mit einem Seitenblick auf Earnscliff, »dass andre Leute Wild finden! So unmöglich, wie Ihr es darstellen wollt, ist's doch wohl nicht!«

»Schon gut, Mädel! Schon gut!«, rief Hobbie lachend. »Hat denn nicht jeder Hund seinen guten Tag? ... Mag mir Earnscliff nicht übelnehmen, dass ich das alte Sprichwort zitiere! ... Kann ich nicht ein andermal sein Glück und er mein Pech haben? Den ganzen Tag auf den Beinen und auf dem Heimwege von Kobolden heimgesucht zu werden, ist kein Spaß, auch für einen Mann nicht; über sich dann abends noch von Weibsvolk aufziehen und ausschelten zu lassen, das den ganzen Tag nichts weiter zu tun hat als die Spindel zu drehen oder ein paar Lumpen zu flicken, das kann einem erst recht nicht passen!«

»Von Kobolden heimgesucht!«, riefen wie aus einem Munde Urahn, Mädchen und Mägde; denn damals spielten in Schottlands Tälern und Schluchten Gespenster eine gar wichtige Rolle, wie schließlich wohl auch heute noch!

»Nun, ein Kobold war es wohl nicht grade, was uns an der granitnen Säule in den Weg kam! Ihr habt's ja auch gesehen, Earnscliff, so gut wie ich!«

Und nun erzählte er, ohne zu übertreiben, wie er zu erzählen gewohnt war, die Begegnung mit dem geheimnisvollen Wesen im Mucklestane-Moor, und als er auserzählt hatte, da setzte er noch bei, was es hätte sein können, das er gesehen, wisse er nicht zu sagen, außer dass er vermute, wenn es der böse Feind nicht selbst gewesen, so könne es wohl bloß einer von den alten Pikten gewesen sein, die vor langer, langer Zeit des Landes Herren waren.

»Einer von den alten Pikten!«, wiederholte die Urahn. »Nicht doch, nicht doch! Gott halte seine Hand über dich, mein Kind! Ein Pikte war das nicht, das war das braune Moormännchen! Dass Unglück komme über die böse Zeit! Wie kann es geschehen, dass böse Wesen erscheinen zur Qual unsers armen Landes, wo sich ja jetzt alles in Ruhe und Frieden befindet und in Liebe lebt unter dem Schutze des Rechts? O dass Unglück über ihn komme! Nimmer brachte er Gutes dem Land und seinen Bewohnern. Mein Vater hat mir oft erzählt, dass das Moorgespenst gesehen wurde im Jahre der blutigen Schlacht von Marston-Moor, und dann wieder bei den Unruhen des Marquis von Montrose, und vor der schweren Niederlage von Dunbar, und meiner Lebtage, als die Schlacht an der Bothwellbrücke geschlagen wurde. Auch sagt man, dass der Laird von Benarbuck mit der Prophetengabe, kurz vor der Landung des Herzogs von Argyle, eine Zeit lang mit ihm

Unterredungen gepflogen hätte. Allein darüber kann ich nichts Genaues sagen; denn es ist geschehen im fernen Westen. Ach, Kinder, das graue Moormännchen darf nie erscheinen außer in schlimmer Zeit. Drum bete ein jedes von euch zu Ihm, dem Allmächtigen, der allein helfen kann zur Zeit der Wirrsal und Bedrängnis!«

Jetzt mischte Earnscliff sich ein, um seiner festen Überzeugung Ausdruck zu geben, dass die Person, die er gesehen habe, ein armer, mit Wahnsinn geschlagener Mensch gewesen sei, der keinen Auftrag aus der unsichtbaren Welt besessen habe, Krieg oder Unheil zu künden. Aber seine Meinung fand keine willigen Ohren; es vereinigten sich vielmehr alle in der inständigen Bitte, er möge seine Absicht, am folgenden Tage zu dem Platze zurückzukehren, fallen lassen.

»O mein liebes Kind«, nahm die Urahn wieder das Wort, die in ihrer Herzensgüte das Elternwort für alle brauchte, zu denen sie Liebe fühlte, »Ihr solltet Euch mehr schonen als andere! Denn Euer Haus hat schwerer Verlust betroffen durch Eures Vaters vergossenes Blut und durch Prozesse, auch sonst mancherlei Schaden gelitten! Ihr seid die Blume der Heide, das junge Reis, das den alten Stamm wieder aufrichten soll, und eine Feste für alle die Euren! Ihr vor allem habt Ursache, Euch zu hüten vor Abenteuern; war doch Euer Geschlecht immer verwegen und kühn und ist doch deshalb viel Unglück über Euch gekommen!«

»Aber, meine liebe Urahn und Freundin! Dass ich mich fürchten soll am hellen Tage ins offene Moor zu gehen, das wollt doch auch Ihr nicht!«

»Ich weiß nicht«, lautete die Antwort der wackern alten Frau, »ich würde nimmer einem Sohn von mir oder einem Freunde von mir raten, die Hand von einer guten Sache zu ziehen, gleichviel ob es die eigene sei oder die eines Freundes. Zu dergleichen würde ich niemals auffordern, so wenig wie sonst wer aus edlem Geschlecht! Aber ein graues Haupt wie das meine kann sich des Gedankens nicht erwehren, dass es wider das Gesetz sei und wider die Heilige Schrift, wenn jemand ausgeht, Böses zu suchen, mit dem er nichts zu schaffen hat!«

Earnscliff sah, dass ihm keine Hoffnung winke, der Ansicht, die er von dem Vorfall hatte, andere teilhaftig zu machen. Drum verzichtete er auf weitere Erörterung hierüber. Zudem machte das Herrichten des Abendtisches der Unterhaltung ein Ende. Inzwischen war auch Grace in die Stube getreten. Hobbie führte sie zum Tische hin und setzte sich neben sie, nicht ohne einen bezeichnenden Blick auf seinen Kameraden zu werfen. Auf die Wangen der jungen Dirnen führte die Lustigkeit, die wieder einkehrte, und die muntere Unterhaltung, an der die Urahn mit jenem Frohsinn sich beteiligte, der dem Greisenalter so wohl ansteht, die Rosen wieder, die des Bruders Spukgeschichte verscheucht hatte; und eine ganze Stunde lang nach dem Essen wurde von dem jungen Volk in der großen Hausstube getanzt und gesungen, als ob es Kobolde in der ganzen großen Welt nicht gebe.

4.

Am andern Morgen nach dem Frühstück verabschiedete sich Earnscliff von seinen gastfreundlichen Bekannten, mit dem Versprechen, sich zu dem Wildbretschmause, zu dem er seine Jagdbeute gespendet, pünktlich einzufinden.

Hobbie tat so, als ob er sich an der Tür von ihm verabschiede, schlich ihm aber nach und gesellte sich auf dem Kamm des Hügels zu ihm.

»Ihr wollt hin, Herr Patrik? Meine Urahn mag sagen was sie will, so mag ich doch Euch nicht im Stich lassen. Es erschien mir als das Einfachste, mich still zu entfernen, damit sie von unserm Vorhaben nicht erst was merke. Ärgern durch Ungehorsam dürfen wir Kinder sie nicht. Dieses Versprechen hat uns der Vater noch auf dem Sterbelager abgenommen.«

»Auf keinen Fall dürfen wir das, Hobbie«, erwiderte Earnscliff, »Eure Urahn verdient Achtung und Liebe.«

»Das muss man sagen: In solcher Angelegenheit würde sie sich um Euch genauso viel sorgen wie um mich. Aber eine Frage, Earnscliff: Seid Ihr wirklich der Meinung, dass wir keines Übermuts uns schuldig machen, wenn wir uns wieder aufs Moor hinaus wagen? Eine zwingende Verpflichtung dazu haben wir ja, wie Ihr wisst, nicht!«

»Dächte ich so wie Ihr, Hobbie«, meinte der junge Gutsherr, »so würde ich mich um die Sache schließlich nicht weiter bemühen. Da ich aber der Ansicht bin, dass von übernatürlichen Erscheinungen entweder niemals was auf der Welt vorhanden gewesen oder zum Wenigsten zu unserer Zeit nicht mehr die Rede sein kann, will ich einen Fall nicht unerforscht lassen, in welchem mir ein armes wahnsinniges Wesen eine Rolle zu spielen scheint.«

»Meinetwegen, wenn das nun einmal Eure Ansicht ist«, versetzte Hobbie mit zweifelnder Miene. »Sicher wohl ist ja, dass sich grade die Feen, die sich einstmals auf allen grünen Hügeln gegen Abend zeigten, in unsern Tagen nicht halb so oft sehen lassen. Dass ich selber jemals auch nur eine Fee gesehen, könnte ich nicht beschwören; aber gepfiffen hat es mal hinter mir im Moor, so wie ein Strandpfeifer pfeift, genau so! Mein Vater dagegen hatte manche Fee gesehen, wenn er spätabends, mit benebeltem Kopfe vom Jahrmarkt heim kam, der gute Mann!«

Earnscliff konnte sich ein Lächeln über diese letzte Äußerung nicht verhalten, die als ungefähres Kennzeichen für den langsamen Rückgang des Aberglaubens von einer Generation zur andern gelten konnte. Die jungen Männer blieben bei dem gleichen Thema, bis sich die granitne Säule wieder vor ihren Blicken erhob.

»Ihr könnt mir glauben«, rief Hobbie, »das Geschöpf schleicht noch dort herum; aber es ist jetzt Tageslicht; Ihr habt Euer Gewehr, ich meinen Dolch mitgebracht; wir dürfen uns also, meine ich, heranwagen.«

»Sicher«, versetzte Earnscliff, »aber um Jesu Christi willen, was treibt das Wesen dort?«

»Es baut aus den Graugänsen, wie man die großen über die Heide verstreuten Steinblöcke nennt, einen Damm! Wahrlich! So etwas hat man noch nicht erlebt!«

Als sie näher kamen, musste Earnscliff, der sich des Staunens nicht erwehren konnte, seinem Kameraden recht geben. Das seltsame Wesen, das sie am Abend zuvor erblickt hatten, schichtete langsam und mühsam Stein auf Stein, scheinbar zu einer Mauer. An Material dazu war Überfluss; die Arbeit war aber schwer, weil die meisten Steine von mächtiger Größe waren. Dass solch ein Wesen sie von der Stelle schaffen konnte, schien staunenswert; von manchen, die den Grund zu seinem rohen Bauwerk bildeten, schien man es kaum für möglich halten zu können. Als die beiden Jünglinge herantraten, war er eben unter schweren Anstrengungen bemüht, einen mächtigen Block vom Flecke zu rühren, und die Arbeit nahm ihn dermaßen in Anspruch, dass er die Jünglinge nicht eher sah, als bis sie dicht vor ihm standen. Er entwickelte dabei ein solches Riesenmaß von Kraft, dass sich die beiden Jünglinge voll Staunen fragten, in welch übernatürlichem Verhältnis dasselbe zu dem Größenmaße seiner ganz ohne Frage verwachsenen Gestalt stände. Seine Körperstärke musste, nach den bereits vollbrachten Leistungen zu schließen, mit der des Herkules wetteifern können, denn manche der von ihm bewältigten Blöcke nahmen ganz ohne Frage doppelte Manneskraft in Anspruch.

Als Hobbie Zeuge solch übernatürlicher Körperkräfte wurde, fing sich sein Argwohn wieder an zu regen.

»Mir scheint es fast wie sicher, dass in diesem Wesen der Geist eines Maurers steckt«, flüsterte er. »Seht doch nur, Earnscliff, was für eine Grundmauer er aufgeführt hat! Sollte es hingegen doch ein menschliches Wesen sein, so muss man sich wohl wundern, was er mit solchem Damme im Moore bezweckt! Zwischen Cringlehope und den Wäldern ist solches Ding eher zu brauchen … Wackerer Mann«, rief er, die Stimme verstärkend, »Ihr baut hier ein recht standfestes Werk!«

Gespensterhaft starrten die Augen des seltsamen Geschöpfs, an das sich diese Worte richteten, das sich jetzt aus seiner gebückten Haltung aufrichtete und mit aller ihm angeborenen, widerwärtigen Hässlichkeit dastand. Der Kopf von ungewöhnlicher Größe war bewachsen mit dichtem, schon stark ergrautem Borstenhaar; über einem Paar kleiner, dunkler Augen von durchdringender Schärfe, die wahnsinnsprühend wild und wüst in tiefen Höhlen rollten, starrten ziemlich kerzengrade struppige Brauen vor. Die Züge seines Gesichts zeigten ein raues, grobes, wie aus Stein gemeißeltes Gepräge; ihr Ausdruck war wild, unregelmäßig, fremdartig, wie man ihn häufig sieht auf Gesichtern von Menschen mit missgestaltetem Körper. Sein Rumpf, dick und vierschrötig, im Umfange dem eines Mannes von mittlerer Größe gleichend, ruhte auf zwei mächtigen Füßen, aber Beine und Schenkel schien die Natur vergessen zu haben, oder sie waren so kurz, dass sie durch die Schöße des Kamisols, das über den Rumpf reichte, verdeckt wurden. Seine langen, fleischigen Arme, mit zottigem, schwarzem Haar bedeckt, setzten sich in einem Paar großer kräftiger Hände fort mit langen, durch starke Knochen und Gelenke ausgezeichneten Fingern. Das ganze Bild, welches dieses seltsame Wesen bot, dessen gedrängter Wuchs mit den langen Armen und Füßen in gar keinem Verhältnis stand zu der riesenhaften Körperstärke, weckte den Eindruck, als habe die Natur die einzelnen Teile dieses Körpers geschaffen, um einen Riesen zu formen, sie aber dann, einer wunderlichen Grille folgend, einem Zwerge zugewiesen.

Sein Anzug bestand aus einer Art von Kamisol mit langem Schoße von grobem Gewebe brauner Farbe, das durch einen Riemen aus Seehundsfell um den Leib gehalten wurde. Auf dem Kopf, die mürrischen Züge mit dem boshaften Ausdruck halb überschattend, saß eine Kappe aus Dachsfell oder einer andern, nicht genau kenntlichen Pelzart, von so wunderlicher Form, dass sie die Wirkung der ganzen Erscheinung um ein beträchtliches steigerte.

Dieser wunderliche Zwerg heftete auf die beiden still vor ihm stehenden Jünglinge einen grimmigen Blick, bis Earnscliff versuchte, ihn durch die Worte: »Freundchen! Bei so harter Arbeit erlaubt Ihr wohl zu helfen?« milder zu stimmen.

Zusammen mit Hobbie Elliot hob er den schweren Block auf die bereits geschaffene Grundmauer.

Der Zwerg stand daneben, ganz in der Haltung eines seine Arbeiter überwachenden Aufsehers. Durch Zeichen des Verdrusses gab er seiner Ungeduld Ausdruck über die hierbei von ihnen gebrauchte Zeit. Dann zeigte er auf einen zweiten Stein. Auch diesen hoben sie auf die Grundmauer, auch einen dritten und vierten noch, gefügig den Launen des Zwerges, aber nicht frei von Verdruss, denn er mutete ihnen, offenbar aus böswilliger Absicht, die schwersten Blöcke zu, die in der Nähe herumlagen.

»Hm, Freundchen«, meinte nun aber Elliot, als der Zwerg einen Stein bezeichnete, der um vieles größer war als alle bislang von ihnen bewältigten, »mag Earnscliff tun was ihm gefällt, mir aber soll, möget Ihr ein Mensch sein oder was Schlimmeres, der Teufel die Finger krumm ziehen, wenn ich mir den Rücken noch länger krumm ziehe wie ein Lastvieh mit diesen Steinblöcken, ohne auch nur ein ›Schön Dank‹ für solche Plackerei zu bekommen!«

»Schön Dank«, rief da der Zwerg mit einer Gebärde höchster Verachtung, »da habt Ihr, was Ihr wollt und mästet Euch dran! Nehmt ihn, meinen ›Schön Dank‹, dass er Euch gedeihe, wie er mir gediehen ist; wie er jedem sterblichen Wurm gedieh und gedeiht, der ihn jemals vernahm aus dem Mund eines kriechenden Mitwurms! Schert Euch! Wer nicht arbeiten will, hat hier nichts verloren! Schert Euch!«

»Ein schöner ›Schön Dank‹, Earnscliff, den wir dafür erhalten, dass wir dem Teufel ein Tabernakel aufrichten halfen und unsre eignen Seelen dadurch in Gefahr setzten! Denn wissen wir, was hier im Schwange ist?«

»Unsere Gegenwart steigert, scheint mir, seine Raserei«, versetzte Earnsliff. »Es wird richtiger sein, wir lassen ihn allein und schicken jemand her mit Speise und Trank und was ihm sonst vonnöten!« So taten sie. Der Dienstbursch, den sie sandten, fand wohl den Zwerg, der noch immer an seinem Steindamm arbeitete, aber es gelang ihm nicht, dem seltsamen Wesen das geringste Wort zu entwinden. Im Aberglauben des Landes befangen, gab sich der Bursch keine Mühe weiter, dem Zwerg Rat oder Hilfe aufzudrängen, sondern legte, was er hergetragen, in einiger Entfernung auf einen Stein nieder, dem Menschenhasser zur Verfügung.

Tag für Tag setzte der Zwerg sein Werk fort mit einer Emsigkeit, die fast übermenschlich erschien. An einem Tage vollbrachte er oft die Arbeit von zwei Männern. Bald gewann sein Bau die Umrisse einer Steinhütte, von zwar kleinem Umfange, aber zufolge des verwandten Materials ungewöhnlicher Festigkeit, trotzdem die Fugen, statt mit Mörtel, bloß mit Rasen verstopft waren. Earnscliff, der das Treiben des Zwerges aufmerksam verfolgte, hatte den Zweck, den derselbe verfolgte, kaum erkannt, als er ihm Balken, zum Dache geeignet, ins Moor hinaussandte. Aber seiner Absicht, ihm am andern Tage Zimmerleute zu senden, die ihm helfen sollten, das Dach aufzurichten, kam der Zwerg zuvor, indem er die ganze Nacht hindurch bis zum frühen Morgen mit solcher Anspannung aller Kräfte und so raffinierter Ausnützung aller verfügbaren Mittel arbeitete, dass die Dachsparren fast sämtlich gelegt waren, als Earnscliff am Morgen sich einfand.

Nun schnitt er Binsen im Moor als Füllmaterial für die Zwischenräume zwischen den Sparren, eine Aufgabe, die er mit großer Gewandtheit vollbrachte. Da er von fremder Hilfe nichts wissen mochte, den gelegentlichen Beistand von Leuten, die der Weg vorbeiführte, ausgenommen, beschränkte sich Earnscliff darauf, ihm geeignetes Material zu besorgen, das er im Moore nicht finden konnte, und Werkzeug, in dessen Gebrauch er sich äußerst geschickt zeigte. So zimmerte er sich Tür und Fenster und eine Bettstatt, auch Gesimse an den Wänden. Mit der Mehrung seiner Bequemlichkeit schien seine Bitternis zu schwinden.

Nun zog er einen Zaun um die Steinhütte, trug Dammerde herbei und fing an, das eingezäunte Stück Land zu bebauen. Selbstverständlich muss bei dem allen die Voraussetzung gelten, dass, wie schon bemerkt wurde, dieser einsiedlerische Zwerg gelegentlich Beistand erhielt von

Leuten, die ihr Weg über das Moor führte oder Neugierde herbeilockte. Wer eine menschliche Gestalt, beim ersten Anblick so wenig geeignet für solch schwere Arbeit, mit solch unverdrossenem Eifer bei solch seltsamem, aber tüchtigem Werke sah, konnte nicht anders als stehen bleiben und zusehen und Beihilfe anbieten oder versuchen. Da aber anderseits niemand von solcher Beihilfe anderer etwas sah oder hörte, ging dem schnell fortschreitenden Werke an Wunderbarkeit nichts verloren. Aber nicht bloß das Werk selber, sondern auch die überlegene Geschicklichkeit, die der Zwerg in allen mechanischen Fertigkeiten an den Tag legte, weckte bei den anwohnenden Nachbarn Argwohn, dass es bei all diesem Treiben nicht mit rechten Dingen zugehe. Allgemein hieß es, wenn der Zwerg kein Kobold sei – denn seit man wusste, dass er ein Wesen von Fleisch und Bein sei, fiel solche Meinung von selber – so könne es doch nicht anders sein, als dass er in enger Beziehung zur unsichtbaren Welt stände und sich solch abgelegenen Platz ausgesucht habe, um den Verkehr mit Geistern ungestört pflegen zu können. Weiter hieß es, wenn auch in anderm Sinne als Philosophen den Satz anwenden, dass der Zwerg niemals weniger allein sei als wenn er allein sei; denn von den Höhen um das Moor herum hätten Vorübergehende zuweilen mit diesem Bewohner der Einöde eine Gestalt arbeiten sehen, die stets verschwinde, sobald sich jemand der Hütte nähere. Man hätte die Gestalt auch mit ihm zusammen an der Tür sitzen, im Moore wandern, auch ihm beim Quell Wasser tragen helfen sehen. Earnscliff war der Meinung, was solche Leute gesehen haben wollten, sei bloß der Schatten des Zwerges gewesen. Aber Hobbie Elliot war der Meinung nicht.

»Den Teufel von Schatten hat er«, meinte dieser ungläubige Thomas, der ganz aufseiten der allgemein herrschenden Spukansicht stand, »viel zu tief hat er sich eingelassen mit dem Gottseibeiuns, dass er noch einen Schatten haben könnte. Hat denn übrigens«, folgerte er zutreffend, »jemals jemand von einem Schatten gehört, der zwischen Körper und Sonne tritt? Mag es sein was es will: So viel steht fest, dass es dünner war und länger als der Körper selber und dass es mehr denn einmal zwischen dem Körper und der Sonne gesehen worden ist.«

Solcher Argwohn, der zu damaliger Zeit in anderm Landesteile Ursache zu Verfolgung und Prozess von bedenklichem Ausgang hätte werden können, weckte hier bloß ehrfürchtige Scheu. Zeichen hierfür bei Leuten, die ihr Weg zufällig vorbeiführte, ängstliche Blicke, auf seine Person und Hütte geheftet, eilige Schritte, um rasch aus der Nähe solcher Örtlichkeit zu gelangen, schienen dem zwerghaften Wesen nicht unangenehm zu sein. Nur wer Mut im Leibe hatte, wagte es, seine Neugier durch einen hastigen Blick über den Gartenzaun zu stillen, und wenn er merkte, dass ihn der Zwerg gesehen, einen bescheidenen Gruß zu sprechen, den dieser dann, wenn er nicht grade zu knurrig war, durch ein Nicken oder ein Wort erwiderte. Aber in ein Gespräch mit ihm zu kommen, erwies sich als unmöglich, über seine Verhältnisse sowohl wie über irgendwelchen Gegenstand sonst, trotzdem sein Menschenhass an Wildheit nachgelassen zu haben schien, auch die Wahnsinnsanfälle, aus seinem Menschenhass entspringend, minder häufig aufzutreten pflegten. Nie konnte ihn Earnscliff, der selten über das Moor ging, ohne sich nach dem einsamen Bewohner desselben zu erkundigen, überreden zur Annahme anderer als solcher Dinge, die für die einfachsten Bedürfnisse reichten. Und nicht bloß von Earnscliff, sondern auch anderen Nachbarn – von Earnscliff aus Barmherzigkeit und Mitleid, von den andern aus abergläubischer Furcht – wurden ihm Gaben weit über seine Bedürfnisse geboten. Für die Gaben der Nachbarn dankte er durch ärztlichen Rat, wenn solcher, für Mensch und Vieh, bei ihm eingeholt wurde, und den Zwerg als nützlichen Arzt in Anspruch zu nehmen, bürgerte sich mit der Zeit in der ganzen Gegend ein. Zumeist half er den Leuten selber durch Arzneien aus, er schien nicht allein Arzneien zu haben, aus Kräutern des Landes destilliert, sondern auch solche fremdländischen Ursprungs. Leuten, die zu solchem Zweck in seiner Hütte vorsprachen, bedeutete er, dass er Elshender der Klausner heiße; im Volksmunde aber hieß er der kluge Elshie oder der Weise vom Mucklestane-Moor.

Manche baten ihn auch um Auskunft in andern als ärztlichen Dingen und auch hierin bewies er sich als scharfsinniger Berater, eine Eigenschaft, die die Meinung von seinen übernatürlichen Fähigkeiten verstärken musste. Als Lohn für solchen Rat wurde gemeinhin auf einen Stein ein Stück weit von der Hütte eine Gabe niedergelegt. Bestand sie in Geld oder Dingen, die er nicht mochte, so warf er sie weg oder ließ sie, ohne sie zu benützen, einfach liegen. Er war und blieb der grobe, ungesellige Patron, wie er Earnscliff und Hobbie das erste Mal gegenüber getreten war. Kein Wort weiter nahm den Weg über seine Lippen, als notwendig war, seine Meinung auszudrücken. Jede Silbe zu viel war ihm ein Gräuel. War der Winter vorbei, so beschränkte er sich auf die Kräuter und Gemüse als Nahrung, die ihm sein Garten brachte. Ein paar Ziegen, die er auf dem Moore weiden ließ und die ihn mit Milch versorgten, nahm er aber von Earnscliff an.

Daraufhin stattete ihm Earnscliff wieder seinen Besuch ab.

Der alte Graubär saß am Gartentür auf einem breiten, flachen Steine, seinem gewöhnlichen Platze, wenn er Kranke oder Ratsuchende bei sich vorzulassen gewillt war. In seine Hütte oder seinen Garten hinein ließ er niemand; diese Orte sollte offenbar kein Tritt eines menschlichen Wesens stören. Hatte er sich in seine Hütte eingeschlossen, so konnten ihn keine Bitten bewegen, sich sehen zu lassen oder jemand Gehör zu geben.

Earnscliff hatte in einem kleinen, fernen Bache geangelt. In der Hand trug er die Angelrute, auf der Schulter einen mit Forellen gefüllten Korb. Er setzte sich auf einen Stein gegenüber von dem Zwerge, dem seine Gegenwart schon nicht mehr ungewohnt war und der sich infolgedessen durch ihn kaum noch stören ließ, sondern bloß den großen, ungefügen Kopf erhob, um ihn anzustarren, gleich darauf aber, als wenn er in tiefer Denkarbeit sich befände, wieder auf die Brust sinken ließ.

Earnscliff sah sich um. Er bemerkte, dass der Zwerg seinen Hausbestand durch einen Schuppen für die beiden Ziegen erweitert hatte.

»Elshie«, redete er das seltsame Wesen an, von dem Wunsche erfüllt, in ein Gespräch mit ihm zu treten, »Ihr vollbringt schwere Arbeit!«

»Arbeit«, versetzte der Zwerg, »ist das geringste Übel in einem so kläglichen wie dem Menschenlose! Es ist besser zu arbeiten gleich mir, statt zu jagen gleich Euch.«

»Ich kann vom Standpunkte der Menschlichkeit unserm gewöhnlichen Zeitvertreibe das Wort nicht reden, Elshie – und dennoch ...«

»Und dennoch«, fiel ihm der Zwerg ins Wort, »ist dieser Zeitvertreib noch immer besser als Euer sonstiges Tun und Lassen; besser, Ihr übt aus Eitelkeit und Übermut Grausamkeit an Fischen als an Euren Mitmenschen. Warum aber sage ich das? Warum soll sich das Menschengeschlecht nicht zertrampeln, zerfleischen, verschlingen, bis es ausgerottet ist bis auf den letzten Strunk eines feisten Behemoth-Ungetüms? Hat sich der vollgefressen an seinen Mitmenschen und deren Gebein abgeknaupelt bis auf die letzte Fleischfaser, so mag er dann, wenn ihm Beute mangelt, tagelang brüllen nach Nahrung, um schließlich zu verhungern und Zoll um Zoll von unten abzusterben! Das wäre ein

Ende mit Schrecken, ein Untergang würdig dieser Großsippe von Scheusalen und zweibeinigen Krokodilen!«

»Euer Tun, Elshie, ist besser denn Euer Reden«, entgegnete Earnscliff, »denn Ihr gebt Euch Mühe, das Geschlecht zu erhalten, das Euer Menschenhass schmäht.«

»Freilich wohl! Aber hört mir zu, weshalb! Ihr seid einer von denen, auf die ich mit weniger Widerwillen blicke. Es kommt mir Eurer törichten Blindheit gegenüber nicht darauf an, meiner Gewohnheit zuwider Worte zu verschwenden. Kann ich denn nicht, wenn sich Krankheit bei den Menschen und Pest unter Herden nicht finden lassen, zum gleichen Ziele gelangen, indem ich das Leben solcher, die dem Zerstörungswerk gleich wirksam dienen, verlängere? Wenn Alice von Bower im Winter gestorben wäre, hätte dann der junge Ruthven vergangnes Frühjahr erschlagen werden können um der Liebe willen zu ihr? Oder: Wem kam, als Westburnflat, der rote Räuber, auf seinem Todesschragen liegen sollte, der Einfall, seine Herde unter dem Turm in die Hürden zu treiben? Meine Geschicklichkeit hat ihn geheilt, meine Arznei ihn gerettet! Wer traut sich jetzt, seine Herde ohne Hüter auf dem Felde zu lassen oder sich schlafen zu legen, bevor er den Schweißhund losgelassen?«

»Ich kann nicht sagen«, antwortete Earnscliff, »dass Ihr der Menschheit durch diese letzte Eurer Kuren einen großen Dienst erwiesen hättet; zum Ausgleich des Übels hat aber Eure Geschicklichkeit meinen Freund Elliot, den ehrlichen Hobbie von Heugh-foot, letzten Winter von einem Fieber gerettet, an dem er wohl hätte sterben können.«

»So glauben in ihrem Unwissen die Kinder aus Ton«, versetzte mit boshaftem Lächeln der Zwerg, »und so reden sie in ihrer Torheit! Habt Ihr das Junge einer gezähmten Wildkatze beobachtet: wie munter, wie spielerisch, wie niedlich und zierlich es ist? Jagt Ihr es aber auf Euer Wild, auf Eure Lämmer, auf Euer Geflügel, flugs bricht die im Blute steckende Wildheit hervor! Flugs packt es die Beute, schlägt sie, zerreißt sie, verschlingt sie!«

»Das ist des Tiers Instinkt«, versetzte Earnscliff, »was aber hat hiermit Hobbie zu tun?«

»Es ist des Hobbie Bild!«, entgegnete der Klausner. »Jetzt ist er zahm, ruhig, gewöhnt an friedliche Sitte, weil es ihm an Gelegenheit fehlt, die angeborene Neigung auszuüben. Lasst aber die Kriegstrompete tönen, lasst den jungen Bluthund Blut riechen, und er wird blutgierig sein gleich dem wildesten seiner Vorfahren unter den Grenzern, der jemals eines hilflosen Kossäten Hütte in Brand steckte. Vermögt Ihr in Abrede zu stellen, dass er Euch oftmals drängt, Blutrache zu nehmen um einer Missetat willen, die an Eurer Sippe verübt wurde, als Ihr noch Kind waret?«

Earnscliff stutzte. Der Klausner schien seine Überraschung nicht zu bemerken, sondern fuhr fort:

»Und tönen wird die Trompete! Und Blut wird lecken der junge Hund, und lachen wird Elshie und sagen: ›Aus keinem als diesem Grund habe ich dich gerettet!‹« Er schwieg. Erst nach einer Pause sprach er weiter: »Solcherart sind meine Kuren! Fortpflanzen sollen sie die Masse Elend, und selbst in dieser Einöde spiele ich die Rolle, die mir gefällt und beschieden ist in der großen Tragödie dieser Welt. Und wenn auch Ihr läget auf Eurem Krankenbette, so könnte ich Euch einen Becher voll Gift senden aus Barmherzigkeit oder Mitleid.«

»Vielen Dank, Elshie, vielen Dank«, rief Earnscliff, »und bei solch froher Zuversicht auf Rat und Beistand werde ich sicherlich nicht unterlassen, Euch darum anzugehen.«

»Schmeichelt Euch aber nicht zu stark mit der Hoffnung«, versetzte der einsiedlerische Zwerg, »dass ich unter allen Umständen der Schwäche des Mitleids weichen werde. Weshalb sollte ich einen törichten Menschen wie Euch, der so recht geschaffen ist, die Jämmerlichkeiten des menschlichen Lebens zu ertragen, retten von dem Elend, das eigne Träumerei und irdische Erbärmlichkeit ihm bereiten? Weshalb sollte ich zur Rolle des barmherzigen Hindu greifen, der dem Gefangnen das Gehirn mit dem Schlachtbeil einschlägt? Weshalb sollte ich die Verästelung meiner Sippe in dem Augenblick zerstören, da die Fackel in Brand gesteckt wird, die Zangen glühen, der Kessel wallt und die geschärften Messer bereit liegen; da alles in Bereitschaft gesetzt ist zum Zerreißen, Sengen, Sieden, Zerstückeln des Schlachtopfers?«

»Ihr zeichnet mir ein schreckliches Bild vom Leben, Elshie; allein es schreckt mich nicht«, antwortete hierauf Earnscliff. »Zwar sind wir in die Welt gesetzt, um zu ertragen und zu dulden, aber hierzu nicht allein, sondern auch um zu wirken und zu genießen. Jeder Tag hat seine Abendruhe und auch einem Leiden in Geduld wird Linderung durch das tröstliche Bewusstsein erfüllter Pflicht.«

»Diese sklavische Lehre tierischen Ursprungs verachte ich«, rief der Zwerg und in seinen Augen blitzte die Wut des Wahnsinns, »sie ist des Viehes würdig, das krepiert! Aber ich mag nicht weitere Worte an Euch verschwenden.«

Hastig stand er auf. Ehe er aber in seine Hütte trat, ergänzte er mit Heftigkeit seine Worte durch die folgenden:

»Damit Ihr indes nicht meinet, als entsprängen die Wohltaten, die ich der Menschheit scheinbar erweise, aus jener einfältigen sklavischen Quelle, die man Liebe unsrer Mitmenschen nennt, so wisset: Wenn es einen Menschen gäbe, der meiner Seele liebste Hoffnung zerstörte, der mir das Herz in Stücke risse, das Hirn zu Atomen von Asche versengte und dessen Vermögen und Leben so ganz in meine Gewalt gegeben wäre wie hier dieses Stück Ton« – er ergriff einen in der Nähe stehenden irdenen Napf – »so würde ich ihn nicht so in Scherben zerschmeißen wie das« – er schleuderte wütend den Napf an die Wand – »nein, nicht also würde ich tun an ihm«, sprach er mit höchster Bitterkeit, aber gefasster, ruhiger, »nein, nicht also, sondern pflegen und hätscheln würde ich ihn, mit Reichtum und Macht überschütten würde ich ihn, auf dass seine wilden Leidenschaften sich entflammen, sein böses Schicksal sich erfülle! Kein Mittel, Laster zu befriedigen und Schurkerei zu frönen, sollte ihm fehlen! In einem Wirbel ewig siedenden Feuers sollte er sich drehen, dessen Bereich sich kein Boot, kein Schiff nähern könnte, ohne hineingerissen zu werden und zu zerschellen! Zum Vulkan sollte er werden, der die Stätte, wo er steht, erschüttert und überschüttet mit alles vernichtender Lava, der alle Menschen, die ihm nahestehen und nahekommen, freundlos und freudlos, verstoßen und elend macht, wie mich!«

Das unglückliche Geschöpf rannte in seine steinerne Hütte, warf die Tür hinter sich ins Schloss und verriegelte sie, wie wenn er dem ganzen ihm verhassten Geschlechte der Menschen, das seine Seele in solchen Wahnsinn gejagt hatte, den Zutritt sperren wollte.

Mit einer Empfindung halb Mitleid halb Schauder verließ Earnscliff das Moor. Welch seltsame, traurige Ursache musste es sein, die diesen Menschen, dessen Sprache einen Rang und Bildung verriet, weit überlegen dem niederen Volk, in solch unglücklichen Gemütszustand versetzt hatte! Und nicht minder erstaunlich war es, dass ein Mensch nach so kurzem Aufenthalt in der Gegend und bei solch abgeschlossenem Leben solch genaue Kenntnis besaß von dem Leben und von den Gewohnheiten seiner Mitmenschen.

»Kein Wunder«, schloss er seine Gedankenfolge, »dass solcher Krüppel mit solchem Gemüt bei solchem Wissen und solchem Leben beim Volk für ein Wesen gilt, das mit dem Urfeind des menschlichen Geschlechts in Verbindung steht und Verkehr pflegt!«

5.

Als der Frühling vorrückte und wärmeres Wetter einkehrte, wurde der Klausner häufiger vor seinem Hause auf dem breiten, flachen Steine gesehen. Eines Tages saß er auch wieder dort. Da sprengte gegen Mittag eine Gesellschaft von Herren und Damen mit zahlreicher Begleitung über die Heide, in kurzem Abstand von seiner Steinhütte, vorbei. Hunde, Falken, Handpferde mehrten das Gefolge. Lustig schallte durch die Luft Jägerruf und Hörnerklang. Gerade wollte der Klausner sich dem Anblick des fröhlichen Zuges durch die Flucht in seine Hütte entziehen, als drei junge Damen mit ihren Dienern vom Moore herüber geritten kamen. Neugierde trieb sie zu dem weisen Manne vom Mucklestane-Moor, und um sie zu stillen, hatten sie sich von der Jagdgesellschaft getrennt und einen Umweg nicht gescheut.

Die erste kreischte und hielt sich die Hand vor die Augen, als sie solch seltsamen Geschöpfes ansichtig wurde. Die zweite suchte den Schreck, den sie bekam, durch hysterisches Lachen und durch die Frage, ob ihr der Zwerg ihr Schicksal künden könne, zu verstecken. Die dritte, die am besten beritten und am vornehmsten gekleidet war, unzweifelhaft auch die Schönste von allen war, trat, wie wenn sie die Unart der andern gutmachen wollte, zu dem Zwerge heran.

»Wir sind vom rechten Wege abgekommen, der durch die Sümpfe hier führt«, sprach die junge Dame, »und unsere Gesellschaft ist ohne uns weiter geritten. Da wir Euch nun vor der Hütte sitzen sahen, Vater, sind wir hergekommen, um –«

»Still«, fiel ihr der Zwerg ins Wort, »so jung noch und doch schon so listig! Ihr seid hergekommen, und wisst, dass Ihr hergekommen seid, um Euch angesichts von Alter, Armut und Hässlichkeit Eurer Jugend, Eures Reichtums und Eurer Schönheit zu freuen! Ein Tun würdig der Tochter Eures Vaters und doch ungleich dem Kind Eurer Mutter!«

»Waren denn meine Eltern Euch bekannt und kanntet Ihr mich?«

»Ja! Vor meinen wachen Augen zeigt Ihr Euch zum ersten Mal, aber in meinen Träumen habe ich Euch oft schon gesehen.«

»In Euren Träumen?«

»Ja, Isabel Vere! Denn was hast du mit meinen wachen Gedanken, was haben die deinigen mit ihnen zu schaffen?«

»Eure wachen Gedanken, Alterchen«, sprach die zweite mit einem Anflug von spöttischem Ernst, »suchen zweifelsohne die Weisheit, und Torheit kann den Weg zu Euch nur finden, wenn Ihr schlaft.«

»Über deine Gedanken«, versetzte der Zwerg mit größerem Verdruss, als sich für einen Klausner und Philosophen schickte, »herrscht Torheit immer, sowohl im Wachen als im Schlafen.«

»Steh' uns Gott bei!«, rief die Dame. »Der Mann ist sicher ein Prophet!«

»Gewiss«, versetzte der Klausner, »gleichwie du ein Weib bist! Ein Weib? Besser sagte ich wohl Dame und noch besser feine Dame! Ihr habt die Frage an mich gerichtet, ob ich Euch das Schicksal künden wolle. Ihr wandelt bloß eine Bahn im Leben, die Bahn der Torheit! Ihr jagt eingebildetem Gut nach, das der Jagd nicht wert ist und, kaum erhascht, beiseite geworfen wird! Aber seit den Tagen der Kindheit, da Ihr noch nicht fest wart auf den Beinen, bis hinauf ins Greisenalter, wo Ihr an Krücken wandeln werdet, treibt Ihr solch Jagen ohne Unterlass! Nach Spielzeug und Zeitvertreib als Kind, nach Liebesgetändel mit all seiner Torheit als Dirne, nach Kartenspiel als Greisin: All das wird nacheinander Eures Jagens Ziel und Zweck sein! Blumen und Schmetterlinge im Frühling, Schmetterlinge und Distelvögel im Sommer, welkes Laub im Herbst und Winter: Nach all dem jagt Ihr und all dies wird, habt Ihr's erjagt, von Euch beiseite geworfen! Geht! Euer Schicksal ist gekündet!«

»Aber erjagt wird's«, rief lachend die Schöne, eine Base von Miss Isabel, »und das ist doch wenigstens etwas! – Nancy«, wandte sie sich an die furchtsame Schöne, die den Zwerg zuerst gesehen hatte, »Nancy, willst du den Zwerg auch um dein Schicksal fragen?«

»Um keinen Preis der Welt«, versetzte die Gefragte und wandte sich ab, »ich habe sattsam genug von dem deinigen!«

»Nun, so will ich Euch für Eure Wahrsagerei«, rief Miss Ilderton und bot dem Zwerge Geld, »zahlen, als wenn einer Prinzessin das Orakel verkündet worden wäre.«

»Die Wahrheit«, rief der Zwerg, »kann weder gekauft werden noch verkauft werden!«, und stieß die angebotene Gabe mürrisch und mit Verachtung von sich.

»Je nun, Herr Elshender«, lachte die Dame, »wer nicht will, der hat schon! So will ich denn mein Geld behalten und es verbrauchen auf der Jagd, die ich jetzt vorhabe.«

»Behaltet's, denn Ihr werdet's brauchen!«, versetzte der grobe Zwerg. »Ohne Geld jagen nur wenige und weniger noch werden gejagt! – Halt«, wandte er sich zu Miss Vere, als deren Begleiterinnen sich entfernten, »mit Euch habe ich mehr zu sprechen! Denn Ihr besitzet alles, wonach die anderen dort trachten, wessen sie sich heuchlerisch rühmen: Schönheit, Reichtum, hohen Stand und die Gaben einer vornehmen Erziehung.«

»Verzeiht mir, Vater, wenn ich jetzt meinen Kameradinnen folge. Gegen Schmeichelworte bin ich nicht minder unempfindlich als gegen prophetische Worte.«

»Bleibt«, rief der Zwerg und fasste ihr Pferd am Zügel, »ich bin weder Prophet im gemeinen Sinne des Worts noch Schmeichler. Zu jeglichem Vorteil, dessen ich Euch Erwähnung tat, gehört sein Nachteil: unglückliche Liebe, bekämpfte Neigung, verhasste Ehe, Düsterheit des Klosters! Ich wünsche allen Menschen Böses, doch Euch kann ich nichts Böses mehr wünschen, so viel durchkreuzt von Bösem ist Eures Lebens Lauf!«

»Nun, Vater! Wenn dem so ist, dann gönnt mir, was mir jetzt geboten wird: Unglück zu trösten, solange ich noch in Wohlstand bin. Ihr seid alt, seid arm! Eure Hütte liegt weit ab von menschlicher Hilfe, wenn Ihr krank seid oder Mangel leidet. Die Seltsamkeit Eurer Lage gibt Euch dem Argwohn des Pöbels preis, der allzeit geneigt ist zu rohem Tun. Gönnet mir den Trost, zur Besserung eines Menschenloses mein Scherflein beigesteuert zu haben! Nehmt an, was ich Euch als Beistand zu bieten vermag. Tut's, wenn nicht um Euret-, so um meinetwillen, damit ich mich, falls sich die Übel, die Euer Prophetengesicht vielleicht allzu richtig erschaut, wirklich einstellen sollten, des Gedankens zu erfreuen vermöge, dass die gücklichere Zeit meines Lebens nicht völlig umsonst verflossen sei.«

Der alte Mann antwortete, fast ohne sich zu der jungen Dame zu wenden, mit einer Stimme, die fast gebrochen klang:

»Ja, Isabel! So solltest du denken und sprechen, sofern Menschenwort und Menschensinn jemals was zusammen gemein haben! Das ist der Fall nicht … ach, das ist nicht möglich, und doch … wart' einen Moment, Mädchen, … und rege dich nicht, bis ich wieder da bin!« Er begab sich in sein Gärtchen und kehrte bald wieder mit einer aufgeblühten Rose in der Hand. »Du bist Ursach' gewesen, dass ich eine Träne vergoss, die erste, die mein Augenlid seit Jahren genetzt hat. Um dieser guten Tat willen nimm dies hier zum Zeichen meines Dankes! Es ist bloß eine Rose, aber hüte sie und trenne dich nicht von ihr! Nahet dir Unglück, so komm zu mir! Zeige mir die Rose oder auch nur ein Blatt von ihr, und wäre es gleich verwelkt wie mein Herz! Blatt oder Rose wird mich zu sanftem Sinne bringen, auch wenn ich von wildestem Zorn gegen die mir verhasste Welt geschüttelt werde, und dir vielleicht glücklichere Aussicht! – Aber«, schrie er mit seiner gewöhnlichen, feindlich klingenden Stimme, »keinen Boten, keinen Zwischenträger! Komm selber, denn dir und deinem Kummer werden sich Herz und Tor öffnen, die sich verschlossen halten gegen jegliches andre irdische Wesen … Und nun, Mädchen, geh deines Wegs weiter!«

Er gab dem Pferde den Zaum frei; das junge Fräulein dankte dem seltsamen Menschen, soweit sie durch ihr Staunen über die absonderliche Art seiner Anrede nicht daran gehindert wurde, und ritt weiter. Wiederholt wandte sie sich um, auf den Zwerg zu blicken, der an der Tür seiner Hütte stehen blieb und ihre Rückkehr nach dem väterlichen Schlosse Ellieslaw beobachtete, bis die Jagdgesellschaft hinter dem Rücken des Hügels verschwunden war.

Unterwegs trieben die Damen untereinander Scherz über das seltsame Zwiegespräch, das sie mit dem weitberühmten Weisen des Moors geführt hatten, und neckten vor allem Miss Vere.

»Isabel hat immer Glück, zu Haus und draußen! Ihr Falke fängt das Birkhuhn, ihre Augen verwunden die jungen Herren, uns andern bleibt nichts übrig! Sogar der Zwerg im Moore kann der Kraft ihrer Reize nicht widerstehen. Aus Mitleid, Isabel, solltet Ihr aufhören, alles für Euch in Beschlag zu nehmen oder solltet doch wenigstens einen Laden aufmachen, um an andre zu verkaufen, was Ihr für den eignen Gebrauch nicht aufstapeln möget!«

»Nun, Ihr könnt meine Waren haben zu gar billigem Preise und den Zwerg als Zugabe!«, versetzte Miss Isabel.

»Nancy soll den Zauberer haben«, meinte Miss Ilderton, »zum Ausgleich ihrer Mängel! Sie selber ist, wie Ihr wisst, noch nicht ganz Hexe!«

»Jesus, Schwester«, rief die Jüngere, »was könnte ich anfangen mit solch furchtbarem Ungetüm? Als mein erster Blick auf ihn gefallen, schloss ich die Augen – und fürwahr, mir ist es noch immer gewesen, als sähe ich ihn, trotzdem ich die Lider so fest schloss wie möglich!«

»Schade, schade«, versetzte die Schwester, »wähle dir nur immer einen Verehrer, dessen Fehler, wenn du ein Auge zudrückst, verborgen bleiben können. Nun denn, ich sehe schon, ich muss ihn selber nehmen, um ihn in Mamas Kabinett unter dem Porzellan aufzuheben zum Zeichen, dass Schottland ein Stück aus Menschenton zu erzeugen vermag, zehntausendmal hässlicher als die unsterblichen Künstler von Kanton und Peking, so fruchtbar dieselben auch an solchen Ungetümen sein mögen.«

»Die Lage dieses ärmsten unter den Menschen«, versetzte Miss Vere, »bietet des Trübseligen so viel, dass es mir nicht möglich ist, Lucy, auf deine Scherze so bereitwillig einzugehen wie sonst. Wie kann es sein, dass er in so ödem Striche so fern von allen Menschen leben kann? Und wenn er über Mittel gebietet, sich im Falle von Not oder Bedarf Beistand zu schaffen, steht dann nicht zu befürchten, dass ihn solcher Umstand, wenn er ruchbar wird, in Gefahr setzt, von unruhigem Nachbarsvolk beraubt und ermordet zu werden?«

»Du vergisst ja aber ganz, dass er ein Zauberer ist!«, meinte Nancy Ilderton.

»Und falls ihm seine Zauberkunst nicht reichen sollte«, setzte Nancys Schwester hinzu, »dann kann er sich doch mit aller Ruhe auf den natürlichen Zauber verlassen, den er selber übt, braucht bloß mit dem Ungetümen Kopf und dem gräulichen Gesicht aus Tür oder Fenster zu gucken, und der verwegenste Räuber, der je auf einem Pferde gesessen, würde es kaum riskieren, sich ihn zum andern Male anzusehen, wenn er ihn das erste Mal richtig gesehen hat. Fürwahr! Ich wünschte bloß, dieses Gorgonenhaupt stände mir eine halbe Stunde zu freier Verfügung!«

»Zu welchem Zwecke, Lucy?«, fragte Miss Isabel.

»Den finstern, steifen, stolzen Sir Frederick aus dem Schloss zu verscheuchen, der wohl ein Günstling deines Vaters ist, sich aber deiner Gunst nicht im Geringsten erfreut. Mein Leben lang, glaube mir, will ich dem Zauberer dankbar sein für die halbe Stunde, die er uns bei sich festhielt und von der Gesellschaft dieses abscheulichen Menschen befreite!«

»Was würdest du sagen, Lucy«, fragte Miss Vere in so leisem Tone, dass die jüngere Schwester sie nicht hören konnte, die ihnen ein kurzes Stück voraus war, weil der enge Pfad nicht Raum genug bot, dass drei Personen nebeneinander ritten, »was würdest du sagen, Lucy, zu dem Ansinnen, seine Gesellschaft dein Leben lang zu ertragen?«

»Dreimal nein würde ich schreien und jedes Mal lauter als vorher, bis man mein Geschrei in Carlisle hörte.«

»Dann würde Sir Frederick sagen: Neun Körbe sind einem halben Jawort gleich!«

»Das hängt ganz ab von der Weise, wie ein Korb gegeben wird! Aus einem Korbe von mir sollte er kein Quentchen eines Jaworts herausdrücken können!«

»Wenn aber nun dein Vater sagen würde«, wandte Miss Vere ein, »tu das, oder –«

»Dann würde ich seinem Oder und all den Folgen, die es bringen könnte, trotzen und wäre er der grausamste aller Väter, von denen jemals in Romanen die Rede gewesen!«

»Und wenn er dir drohte mit einer Tante katholischen Glaubens, mit Äbtissin und Kloster?«

»Dann würde ich ihm drohen«, versetzte Miss Ilderton, »mit einem Schwiegersohn protestantischen Glaubens und jede Gelegenheit zum Ungehorsam wegen solcher Gewissenssache gern wahrnehmen. Da uns Nancy nicht hören kann, lass mich jetzt dir sagen, dass du meiner Ansicht nach recht handelst vor Gott und den Menschen, wenn du dieser unheilvollen Heirat auf alle Weise und mit allen Mitteln widerstrebst! Sir Frederick Langley ist ein finsterer, stolzer, ehrgeiziger Mann, ehrlos aus Habsucht und Strenge, ein Verschwörer gegen Gesetz und Staat, ein schlechter Bruder, bösartig gegen alle Verwandten und aller edeln Gesinnung bar – ich ginge lieber in den Tod, Isabel, als dass ich mit ihm in das Ehebett stiege!«

»Lass meinen Vater nicht merken, dass du mir solchen Rat gibst, Lucy«, antwortete Miss Vere, »sonst müßtest du dem Schlosse Ellieslaw Lebewohl sagen!«

»Von Herzen gern sage ich dem Schlosse Lebewohl«, versetzte die Freundin, »wenn ich dich nicht frei und unter dem Schutze eines liebevollern Mannes sehen kann, als die Natur dir gab. Ach, besäße bloß mein armer Vater noch seine einstige Gesundheit und Stärke! Wie gern hätte er dich bei sich aufgenommen und dich beschützt, bis von diesem hässlichen, grausamen Ansinnen kein Wort mehr verlautete!«

»Wollte Gott, Lucy, dem wäre so!«, antwortete Isabel. »Ich befürchte aber, Euer Vater bei seiner schwachen Gesundheit vermöchte mich nicht wider all die Maßnahmen zu schützen, zu denen sofort geschritten werden würde, die arme, flüchtige Dirne zurückzuholen!«

»Das fürchte ich freilich auch«, gab Miss Ilderton zur Antwort, »aber lass uns überlegen, Isabel, ob sich ein Ausweg für dich bietet! Der Zeitpunkt ist günstig! Dein Vater mit seinen Gästen hat sich, wie sich aus dem Hin und Her von Boten und aus den seltsamen Gesichtern der Menschen schließen lässt, die kommen und verschwinden, ohne dass man hört, wer sie seien, nicht zum Wenigsten auch aus dem Aufspeichern von Waffen und aus der ängstlichen Gespanntheit und der Ruhelosigkeit schließen lässt, die jetzt im Schlosse herrschen, in böse Dinge eingelassen, in ein Komplott, meine ich, gegen König und Staat. Ich meine, es möchte uns gerade jetzt wohl möglich sein, ein kleines Komplott einzufädeln als Pendant zu dem andern und größeren, das ganz sicher im Werke ist! Hoffentlich haben die Männer nicht alle Klugheit und Schlauheit für sich gepachtet; einen von ihnen als Mitverschworenen möchte ich gern zulassen in unserm Rat!«

»Doch nicht Nancy?«

»O nein«, versetzte Miss Ilderton, »Nancy mag ja ein ganz treffliches Mädchen sein, dir auch sehr zugetan und anhänglich sein, bei einem Komplott möchte sie aber eine gar einfältige Rolle spielen, wie etwa Renault und die Verschwörer untergeordneter Rolle im ›Geretteten Venedig‹[2] – nein, einen Mann meine ich, einen Dschaffir oder Pierre,

2   Ein im Jahre 1681 von Thomas Otway gedichtetes, in der englischen Literatur berühmtes Trauerspiel, dessen Tendenz sich gegen die damals in England überhand nehmenden konventionellen Begriffe von Liebe, Ehre und Heldentum richtet. A. d. Ü.

wenn dir der letztere Charakter besser gefällt! Aber wenn ich auch weiß, dass er dir nicht missfällig ist, so möchte ich doch, um dich nicht zu ärgern, seinen Namen nicht nennen. Kannst du nicht raten? Der Name hebt an mit dem Worte, das wir Schotten für den König der Lüfte lieben und endet mit dem bei Schotten und Engländern gebräuchlichen Worte für Klippe und Fels!«

»Doch nicht der junge Earnscliff, Lucy?«, fragte Miss Isabel, tief errötend.

»Wen anders sollte ich meinen?«, fragte Lucy. »Dschaffirs und Pierres wachsen bei uns im Lande nicht wie Pilze, scheint mir, dagegen gibt's Renaults und Bedamars in Hülle und Fülle!«

»Lucy! Wie kannst du solch tolles Zeug schwatzen? Theaterstücke und Romane haben dir den Kopf verdreht! Du weißt recht gut, dass ich niemand heiraten will und werde, dem mein Vater die Einwilligung weigert; und dass sie solchenfalls nie gegeben würde, weißt du auch! Dagegen weißt du vom jungen Earnscliff nichts, gar nichts! Was du dir denkst, beruht bloß auf Mutmaßungen oder Einfällen, und an den verhängnisvollen Zwist, an dieses unselige Hindernis denkst du gar nicht!«

»Du meinst den Zwist, in welchem sein Vater um das Leben kam?«, fragte Lucy. »Ach, das ist schon lange her! Und hoffentlich haben wir beide die Zeiten der Blutrache hinter uns, in denen ein Streit zwischen zwei Sippen sich gleich einem spanischen Schachbrett vom Vater auf den Sohn vererbte und bei jeder Generation ein Doppelmord vorkam, um solch Unheil nicht aussterben zu lassen. Heute machen wir's mit einem Zwist wie mit einem Kleide: Jeder hat seinen besonderen Schnitt und trägt seinen besonderen Rock; einen Zwist aus unsrer Väterzeit zu rächen, daran denken wir so wenig wie ihre geschlitzten Wämser und Pluderhosen zu tragen.«

»Lucy, du behandelst die Sache zu leichtfertig«, antwortete Miss Vere.

»Keineswegs, liebe Isabel!«, sagte Lucy. »Bedenke doch, dein Vater war freilich anwesend bei der unseligen Rauferei, aber niemand hat die Vermutung geschöpft, dass er es gewesen, der den tödlichen Stoß führte! Zudem waren in früherer Zeit nach blutigem Kampfe zwischen Clans spätere Familienbündnisse so wenig ausgeschlossen, dass vielmehr die Hand einer Tochter oder Schwester als das häufigste Pfand für die Wiederaussöhnung galt. Du spottest über meine Belesenheit und über meine Kenntnis von Romanen, allein ich versichere dich, wenn deine Geschichte als Vorwurf genommen würde zu einem Romane, wie es geschehen ist mit mancher Heldin geringern Verdiensts und größern Unglücks, so würde jeder verständige Leser dich zu Earnscliffs Herzensdame gerade um des Hindernisses willen bestimmen, das du für unübersteigbar hältst.«

»Wir leben aber in keiner Zeit der Romantik mehr, sondern in einer Zeit der traurigen Wirklichkeit, denn dorten steht Schloss Ellieslaw!«

»Und dort steht Sir Frederick Langley am Tor und wartet auf die Damen, um ihnen beim Absteigen zu helfen … ich fasste schon lieber eine Kröte an, als dass ich ihm die Hand dazu reichte! An mir soll seine Hoffnung irrewerden. Ich nehme mir den alten Horsington, den Stallknecht, zum Stallmeister!«

Bei diesen Worten trieb die lebhafte junge Dame ihren Zelter durch kräftige Hiebe mit der Peitsche an und sprengte mit lustigem Nicken bei Sir Langley vorbei, grade als er sich anschickte, ihrem Zelter in den Zügel zu fallen, und schwang sich dem alten Stallknecht in den Arm. Miss Isabel hätte gar zu gern ihr nachgeahmt, getraute es sich aber nicht, weil ihr Vater dabei stand und Groll bereits sein Gesicht zu verdunkeln anfing, das zum Ausdruck böser Leidenschaft besondere Eignung hatte. Sie hielt es für geratener, des verabscheuten Bewerbers Höflichkeiten, so unwillkommen sie ihr waren, über sich ergehen zu lassen.

6.

Der einsiedlerische Klausner hatte den Rest des Tages, der ihn mit den jungen Damen zusammenführte, in seinem Garten verbracht. Abends saß er wieder auf seinem Lieblingssteine. Düsteres Licht warf die hinter wogendem Gewölk niedergehende Sonne über das Moor und färbte die breiten Umrisse der kahlen Höhen, die diese einsame Stätte umschlossen, mit tiefem Purpur. Der Zwerg betrachtete das Gewölk. Als es sich zu Dunstmassen häufte und ein heller Strahl der sinkenden Flammenkugel durch diese hindurch auf seine absonderliche Gestalt fiel, da konnte er für den Dämon des drohenden Gewittersturms oder für einen Kobold gelten, der aus seiner unterirdischen Wohnstatt durch unterirdische Anzeichen nahenden Sturmes zur Oberfläche gejagt worden war. Und wie er so dasaß, das finstere Auge auf den zürnenden, in Schwarz getauchten Himmel gewandt, da kam ein Reitersmann herangesprengt, hielt an, als wolle er sein Ross zu Atem kommen lassen und schnitt dem Zwerge ein Kompliment mit einem Ausdruck, der die Mitte hielt zwischen Frechheit und Unsicherheit.

Der Reiter war von Gestalt dünn und schlank, aber groß. Die breiten Knochen und kräftigen Sehnen seines Körpers verrieten merkwürdige Stärke. Der ganze Habitus des Mannes ließ schließen, dass er zeitlebens jene Leibesübungen getrieben, die den Leibesumfang nicht mehren, wohl aber die Muskelkraft stärken und stählen. Sein sonnverbranntes, sommersprossiges Antlitz mit den energischen Zügen kündete einen unheimlichen Ausdruck von Gewalttätigkeit, Frechheit und List: Eigenschaften, die reihum übereinander zu herrschen schienen. Das rote Haar und die rötlichen Brauen, hinter denen ein scharfes graues Augenpaar blitzte, ergänzten den unheilkündenden Umriss seines Gesichts. Er trug Pistolen in den Satteltaschen und unter seinem Gurt wurde, trotzdem er sich Mühe gab, es unter dem zugeknöpften Wams zu verstecken, ein zweites Paar sichtbar. Sein Anzug bestand aus einem Büffelwams von altertümlichem Schnitt, einer verrosteten Sturmhaube und Handschuhen, von denen derjenige der rechten Hand gleich einem alten Fechthandschuh mit kleinen Eisenschuppen bedeckt war; ein mächtiger Pallasch vervollständigte seine Ausrüstung.

»Recht so«, sprach der Zwerg, »Raub und Mord sitzen wieder hoch zu Ross.«

»Richtig, Elshie!«, pflichtete der Bandit bei. »Eure Wissenschaft hat mich wieder auf die Beine gebracht!«

»Und all Eure auf dem Krankenlager gegebenen Gelübde, ein besserer Mensch zu werden, sind vergessen?«, fragte Elshender weiter.

»Alle sind heidi«, rief der Bandit ohne Scheu und Scham, »heidi mit dem Wasserkrug und der Brotsuppe, Ihr wisst doch, Elshie – man sagt ja, Ihr seiet bekannt mit dem Herrn:

> Herr Satan kriegte das Zipperlein, juchhe!
> Da wollt' er gern ein Mönchlein sein, auweh!
> Dann ward's ihm wieder besser, juchhe!
> Da schliff er sich das Messer, auweh!
> Und schnitt die Kutte kurz und klein,
> Zog länger nicht die Klauen ein!

Juchhe, juchhe!
Ließ Herz und Nieren kräftig Luft,
Auweh, auweh!
Das gab gar bitterbösen Duft!
Der Satan ist ein Schwein –
Das wird nie anders sein!
Tra-rah, tra-rah!
Drum bin ich wieder da!«

»Daran erkennt man dich so recht, wie du bist!«, nahm der Zwerg wieder das Wort. »Ein Wolf lässt so wenig von seinem Blutdurst und ein Rabe so wenig von seiner Aasgier, wie ein Bandit wie du von seinen verruchten Neigungen!«

»Was Henker soll ich machen? Es liegt mir im Blut und in den Knochen! Ist mir angeboren! Höre, Alter! Die Burschen von Westburn- flat waren durch zehn Geschlechter Wegelagerer und Viehdiebe, haben gefressen und gesoffen und sich nichts abgehn lassen, haben blutig Rache genommen für lappige Kränkungen und niemals der Waffen dazu ermangelt.«

»Recht so! Bist ein Rassewolf«, sprach der Zwerg »wie je einer nachts über eine Hürde gesetzt ist! Mit welchem Auftrag der Hölle bist du jetzt unterwegs?«

»Kann Eure Weisheit das nicht raten?«

»So viel weiß ich«, sprach der Zwerg, »dass deine Absicht schlimm ist, dein Tun noch schlimmer und der Ausgang das Schlimmste sein wird von allem!«

»Je nun, Elshie«, meinte Westburnflat, »eben darum stehe ich doch in Gunst bei Euch! Wenigstens habt Ihr das immer gesagt!«

»Ich habe Grund und Ursache zu lieben, wer eine Geißel seiner Mitmenschen ist«, versetzte der Zwerg, »und du bist eine blutige Gei- ßel!«

»Nein! Dessen bekenne ich mich nicht schuldig! Blut vergieße ich nie, außer wenn Widerstand geleistet wird! Widerstand, das wisst Ihr doch, treibt einem die Borsten zu Berge. Viel gelegen ist nicht weiter dran; ich stutze bloß einem jungen Hahne, der gar zu laut gekräht hat, den Kamm.«

»Doch nicht dem jungen Earnscliff?«, fragte nicht ohne Aufregung der Zwerg.

»Nein, dem noch nicht! Aber vielleicht kommt auch an ihn die Reihe, sofern er sich gutem Rate verschließt. Er mag in die Karnickelstadt zurückkehren, dorthin passt er; hier aber braucht er sich nicht herumzutreiben und dem bisschen Rotwild nachzusetzen, das noch im Lande ist, oder gar den Friedensapostel herauszubeißen und den Herrschaften drüben im alten Rauchnest Bericht zu erstatten über die Unruhe im Lande! In Acht nehmen soll er sich!«

»Dann muss es doch Hobbie von Heugh-foot sein«, meinte Elshie. »Was aber hat der dir zuleid getan?«

»Nichts Besonderes; aber gesagt soll er haben, ich sei am Fastelabend aus Furcht vor ihm vom Kugelspiel weggeblieben. Ich bin aber bloß weggeblieben, um keinem Häscher in den Arm zu rennen, denn es war ein Haftbefehl gegen mich erlassen worden. Wenn's darauf ankommt, so halte ich Hobbie und seinem ganzen Clan stand. Es dreht sich um nichts weiter, als dass ich ihm eine Lektion geben will, dass er seiner Zunge nicht allzu freien Lauf lässt gegen Leute, die besser sind als er. Ehe morgen der Tag graut, wird er, des bin ich überzeugt, die beste Schwungfeder aus seinem Fittich verloren haben. Adieu, Elshie! Drunten im Walde warten ein paar handfeste Bursche auf mich. Auf der Rückkehr will ich vorsprechen bei Euch und Euch was Hübsches bringen für Eure Heilkunde.«

Bevor noch der Zwerg Zeit zur Antwort fand, setzte der Räuber von Westburnflat seinem Rosse die Sporen in die Flanken. Es rannte gegen einen der verstreut liegenden Blöcke und sprang vom Wege ab. Der Reiter bearbeitete es rücksichtslos mit den Sporen weiter, es wurde wild, bäumte sich, schlug nach hinten und vorne aus, sprang wie ein Hirsch mit allen Vieren vom Boden auf. Umsonst, der Reiter saß fest, wie verwachsen mit seinem Tiere und nach kurzem, aber wildem Kampfe zwang er es nieder. In einem Tempo, das ihn bald aus dem Sehbereich des Zwerges brachte, raste das Pferd von dannen.

»Dieser Bösewicht«, rief der Zwerg, »dieser kaltblütige, hartgesottene, gefühllose Raufbold – dieser Schuft, dessen Seele von verbrecherischen Gedanken strotzt, besitzt Gliedmaßen, Muskeln und Sehnen genug, ist kräftig und behend genug, ein edleres Geschöpf als er selber ist, zu zwingen, dass es ihn dorthin trägt, wo er Schandtaten verüben kann, während es mir, besäße ich die Schwäche, sein unglückliches Schlachtopfer warnen, dessen hilflose Sippe retten zu wollen, zufolge der Altersschwäche, die mich an diesen Fleck bannt, unmöglich sein würde, solch gute Absicht zu vollbringen. Doch weshalb sollte ich wünschen, dass es anders sei? Was hat meine krächzende Eulenstimme, meine gräuliche Gestalt, der scheußliche Ausdruck meiner Gesichtszüge mit den schöneren Geschöpfen der Natur zu schaffen? Empfangen Menschen nicht sogar Wohltaten von mir mit Schaudern, Abscheu, Widerwillen? Weshalb sollte ich mich um ein Geschlecht bekümmern, das mich als Missgeburt, als Ausgestoßenen betrachtet und behandelt? Nein! Bei allem Undank, den ich erfuhr, bei allem Unrecht, das ich ertrug, bei meinem Kerker, meinen Ketten, meinen Geißelungen! Ich will es niederkämpfen, dies Gefühl der sich auflehnenden Menschlichkeit! Ich mag nicht mehr Tor sein wie früher, der von seinen Grundsätzen abwich, wenn sich jemand an sein Gefühl wandte. Als wenn ich, dem niemand Mitgefühl erzeigt, mit irgendwem Mitgefühl hegen sollte! Mag das Schicksal seinen Sichelwagen durch die erdrückte, zitternde Masse der Menschheit treiben! Soll ich der Tor sein, diese Satire auf die Menschheit, diesen entstellten Klumpen von Sterblichkeit unter die Räder dieses Sichelwagens zu werfen, damit der Zwerg, der Zauberer, der Krüppel eine schöne Gestalt oder einen behänden Leib vor Vernichtung rette und die Welt ob solchen Wechsels in die Hände klatsche? Nie, nie! Und dennoch, dieser Elliot – so jung, so tapfer, so freimütig, so … nein! Ich will nicht länger dran denken! Ich kann ihm nicht helfen und mag ihm nicht helfen! Ich bin entschlossen, fest entschlossen, ihm nicht zu helfen, selbst wenn ich könnte und wenn der bloße Wunsch ihm Bürgschaft bieten könnte für seine Sicherheit!«

Nach diesem Selbstgespräch begab er sich in seine Hütte, Schutz suchend vor dem Wetter, das jetzt heraufkam. Große, schwere Tropfen schlugen nieder. Die letzten Strahlen der Sonne verschwanden. In kurzen Zwischenräumen folgte Donnerschlag auf Donnerschlag, an den kahlen Höhen sich fortpflanzend gleich dem Echo einer fernen Schlacht.

7.

Die Nacht hindurch blieb es stürmisch; der Morgen aber stieg auf, gleichwie erfrischt durch den Regen. Selbst das Mucklestane-Moor mit seinen breiten, kahlen Aufhöhungen unfruchtbaren Bodens zwischen sumpfigen Strecken schien unter dem heitern Einflusse des Himmels ein freundliches Gesicht zeigen zu wollen, einem hässlichen Menschengesicht ähnlich, über das muntere Laune ihren unaussprechlichen Reiz ergießt.

Die Heide stand in ihrer dichtesten Blüte. Die Bienen, die der Klausner zu seiner Steinhütte gesellt hatte, waren ausgeflogen, die Luft erfüllend mit fleißigem Summen. Und als der alte Mann jetzt aus seiner kleinen Hütte heraustrat, kamen ihm seine beiden Ziegen entgegengesprungen und leckten ihm dankbar die Hand für das Gras, das er im Gärtchen für sie gerupft hatte und ihnen hinhielt.

»Ihr wenigstens«, sprach er zu ihnen, »seht in der Gestalt keinen Unterschied, der euch bestimmen könnte, anders gegen euren Wohltäter zu fühlen; euch ließe die schönste Form gleichgültig, die je ein Künstler schuf, wenn sie sich auch zeigte an Stelle des missgestalteten Rumpfes, an den Ihr gewöhnt seid. Habe ich je in der Welt, solange ich dort lebte, solche Äußerung der Dankbarkeit getroffen? Nein! Der Lakei, der mich von Kindheit aufgezogen, schnitt hinter meinem Stuhle Fratzen; der Freund, dem ich mit meinem Vermögen half, um dessentwillen ich gar zum Sünder wurde« – er hielt inne mit krampfhaftem Zucken – »auch er hielt dafür, ich gehörte mehr unter die Wahnsinnigen als unter die gesunden Menschen, die Zwangsjacke, das Hungerloch seien für mich besser geeignet als menschliche Freiheit, als menschliche Stätten. Bloß Hubert – bloß er! – aber auch er wird mich eines Tages verlassen! Sie sind alle aus einem Stück, alle aus ein und derselben Masse von Gottlosigkeit, Selbstsucht und Undankbarkeit – sie sind alle Schurken, die sogar sündigen, während sie Andacht üben, von solcher Herzenshärte, dass sie nicht einmal der Gottheit für die warme Sonne und die reine Luft danken, ohne zu heucheln.«

In diesem düstern Selbstgespräch schlug von der andern Seite des Zaunes herüber, der sein Gärtchen umschloss, der Schall von Hufen an sein Ohr, dann eine kräftige Männerstimme, die mit der Munterkeit eines leichten Herzens trällerte:

»Hobbie, Hobbie, schmuck und schecht.
Sprich, ob dir Begleitung recht!«

Im selben Augenblick setzte ein mächtiger Windhund über den Zaun, riss eine Ziege des Klausners nieder und würgte sie. Hobbie Elliot war im Nu aus dem Sattel, konnte das schwache Tier den Zähnen des Hundes indessen erst entwinden, als es verendet war.

Der Zwerg, der den Todeskampf seines Lieblings mit angesehen, riss, von Wut übermannt, unter seiner Kutte einen Dolch hervor und stürzte sich auf den Hund. Aber Hobbie fiel ihm in den Arm und hielt ihn.

»Weg von dem Hund, Mann!«, schrie er. »Weg von dem Hund! Auf solche Weise wird Killbucks keiner Herr!«

Des Zwerges Wut richtete sich nun gegen den Jüngling. Mit einem Ruck, kräftiger noch als der Jüngling ihn von solchem Wesen erwarten konnte, machte er seinen Arm frei von dessen Griff und zückte den Dolch gegen sein Herz. Alles geschah in einem Nu … und wäre nicht im nämlichen Nu dem zornigen Klausner ein andrer Gedanke durch den Sinn geschossen, der ihn bestimmte, den Dolch wegzustecken, so hätte ein jäher Stoß in Elliots Brust das Werk seiner Rache vollendet.

»Nein«, rief er dem durch die Luft sausenden Dolche nach, »nicht wieder, nicht noch einmal!«

Erschreckt, durch ein dem Anschein nach so verächtliches Geschöpf in solche Gefahr geraten zu sein, missmutig darüber und von Verachtung gegen sich selber erfüllt, trat Hobbie ein paar Schritte zurück.

»Kraft und Bosheit jagen ihm den Teufel in den Leib!«, waren die ersten Worte, die ihm entfuhren. Dann aber entschuldigte er sich um des unglücklichen Zufalls willen, für den er als Jäger Erklärung fand in dem der Ziege eigentümlichen, dem Jagdwild ähnlichen Geruch und Aussehen.

»Ich will nicht das Mindeste sagen dem Hunde zur Entschuldigung«, hub er an, »auch mir ist der Fall so unangenehm wie Euch; aber ich will Euch als Ausgleich für den Schaden ein paar Ziegen schicken und ein paar Mutterschafe. Seid dem dummen Vieh von Hund nicht gram, Elshie! Seid Ihr doch verständig genug, um einzusehen, dass das Tier nur seiner Natur gefolgt ist, ist doch die Ziege so halb und halb Geschwisterkind mit dem Reh! Wäre es ein Lamm gewesen, über das er herfiel, hätte man anders reden können. Besser hieltet Ihr Euch ja auch Schafe, Elshie, statt Ziegen, der vielen Jagdhunde halber, die hierherum gehalten werden. Aber ich schicke Euch beides herüber, Elshie, Ziegen und Schafe.«

»Ihr böser Mensch!«, zürnte der Einsiedler. »Durch Euren grausamen Hang ist eins von den Geschöpfen vernichtet worden, die noch freundlich auf mich blicken.«

»Allerdings, Elshie, aber nicht vorsätzlich«, entgegnete Hobbie, »freilich hätte ich an Eure Ziegen denken und den Hund an die Leine nehmen sollen. Glaubt mir, Elshie, mir wäre es lieber, der Hund hätte mir den schönsten Widder aus meiner Herde erwürgt. Lasst Euch zureden, Elshie, vergesst und verzeiht! Mich ärgert der Fall nicht minder als Euch, aber ich bin Bräutigam und da denkt man an so mancherlei Dinge nicht, weil einem andre im Kopfe stecken. Meine Gedanken waren bei Hochzeit und Hochzeitsschmaus, wenigstens bei dem Wildbret dazu! Meine beiden Brüder bringen über den Rider's Stack drei feiste Rehböcke auf dem Karren, so drall und jung, wie ihrer jemals, wie's im Liede heißt, ›da drüben liefen im Dallomlea‹ – des Morasts wegen konnten sie bloß nicht grade herüber … Ich möchte Euch ja auch ein Stück Wildbret schicken, aber Ihr würdet es schließlich nicht nehmen wollen, weil Killbuk die Böcke geschlagen hat.«

Der gutmütige Grenzer sprach so viel und mit solchem Eifer, weil er meinte, der erzürnte Zwerg werde sich besänftigen lassen. Der aber hielt, wie in Sinnen vertieft, den Blick auf den Boden geheftet. Endlich brach er in die Worte aus:

»Natur? Instinkt! Der Hund hat ja bloß seiner Natur gefolgt! Freilich, freilich, bequeme Rede, billige Ausflucht mit diesem Schlendrian Natur! Der Starke packt und würgt den Schwachen, der Reiche presst und plündert den Armen, der Glückliche, wenn er Tor genug ist sich für glücklich zu halten, beschimpft das Elend und verringert den Trost des Elenden. Hebe dich von hinnen! Es ist dir geglückt, dem ärmsten und unglücklichsten unter den Menschenkindern einen neuen Schmerz zu bereiten, du hast mich dessen beraubt, was ich als eine Quelle des Trostes betrachtete. Hebe dich weg und freu dich des Glücks, das dir an deinem Herde winkt!«

»Glaubt mir, Elshie«, versetzte Hobbie, »ich würde Euch gern mitnehmen, wenn Ihr bereit sein wolltet, am Montag mein Hochzeitsgast zu sein. Es werden der Elliots wohl an die hundert über die Flur galoppieren. Seit den Tagen des alten Martin von Preaking Tower ist Gleiches nicht mehr gesehen worden. Wenn Ihr Ja sagtet, würde ich Euch gern den Karren mit einem strammen Klepper herüberschicken.«

»Ihr mutet mir zu, mich noch einmal in die gemeine Herde zu mischen?«, fragte der Einsiedler mit dem Ausdruck tiefsten Widerwillens.

»Gemeine Herde, Elshie?«, fragte Elliot. »Gemein, Elshie, ist die Sippe der Elliots nicht! Das Geschlecht der Elliots ist bekannt seit alters als edel!«

»Hebe dich weg«, wiederholte der Zwerg, »und möge das ganze Unglück, das du bei mir stiftetest, sich dir an die Schöße hängen! Wenn ich auch nicht mit dir gehe, so suche doch du demjenigen zu entgehen, was meine Begleiter, Zorn und Elend, vor deiner Ankunft über deine Schwelle brachten!«

»Dass Ihr also sprecht, Elshie, ist mein Wunsch nicht«, versetzte Hobbie, »Ihr kennt Euch selbst, Elshie, klug seid Ihr und jedermann hält Euch dafür, aber niemand für überklug! Nun will ich Euch ein für alle Mal sagen: Es haben der Worte, die mir und den meinigen Böses künden, so viel den Weg über Eure Lippen genommen; sollte nun, was Gott verhüten möge, Unglück kommen über meine Base Grace oder über mich selbst oder über die Meinigen oder auch nur über die armen, der Vernunft entbehrenden Hunde, oder sollte mich Schaden treffen an Leib und Gut, dann will ich nimmer vergessen, Elshie, dass ich es Euch zu danken habe!«

»Scher dich, du Bauer!«, rief der Zwerg. »Geh nach deinem Haus und gedenke meiner, wenn du finden wirst, was dort vorgegangen ist!«

»Schon gut«, sagte Hobbie, sich aufs Pferd schwingend, »was nützt es, mit Krüppeln zu streiten? Sie sind allesamt ungesellig und unflätig. Aber, Nachbar, eins lasst Euch sagen: Stehen die Sachen mit Grace Armstrong anders als gut, so will ich, solange noch in den fünf Kirchspielen ein Teerfass zu haben ist, Euch rösten, dass es Euch heißer sein soll als in der Hölle!«

Mit diesen Worten ritt er fort.

Der Zwerg lachte höhnisch hinter ihm her. Dann griff er nach Spaten und Hacke und grub seinem toten Liebling ein Grab.

Ein leiser Pfiff, dann der Ruf: »Psst, Elshie!« störten ihn bei seinem trüben Werke. Er blickte auf. Der rote Bandit stand vor ihm. Blut klebte ihm im Gesicht, wie dem Mörder Banquos; Blut klebte an Sporen und Sporenrädern, von Blut trieften die Flanken seines Rosses.

»Was gibt's, Bandit?«, fragte der Zwerg. »Ist der Streich verübt?«

»Gewiss, Elshie, oder zweifelt Ihr?«, versetzte der Strolch. »Wenn ich reite, so mögen die Feinde winseln. Heut Morgen hat's in Heugh-foot mehr Licht gegeben als Behaglichkeit. Ein leerer Kuhstall steht jetzt dort, und geheult und gejammert wird nach einer schönen Braut!«

»Was soll das heißen?«

»Der Foster Karl von Tinning Back, Karlchen der Galgenschneller, wie er bei uns heißt, hat gelobt, in Cumberland sie hinter Schloss und Riegel zu halten, bis das Unwetter vorübergezogen! Sie hat mich gesehen und erkannt, denn als der Rummel im schönsten Gange war, fiel mir einen Moment die Larve von der Fratze. Drum meine ich, wenn sie wiederkehrt, steht's faul um meine Ruhe. Denn der Elliots sind viele und sie halten zusammen in Freud und Leid seit alters. Ich bin hergekommen, Rat von Euch zu hören, wie ich mich am besten sichre.«

»Also willst du sie morden?«

»Nicht, wenn es sich anders machen lässt! Es geht aber die Rede, dass sich mit List Leute aus Seehäfen nach den Kolonien schaffen lassen und dass sich ein hübsches Stück Geld machen lässt für jemand, der es versteht, ein hübsches Mädel hinüber zu schmuggeln. Weibliches Vieh ist drüben rar und hier wächst's wie Unkraut. Vielleicht lässt sich die Dirne aber noch besser unterbringen. Es soll eine vornehme Dame ins Ausland spediert werden, wenn sie nicht parieren will; der möchte ich die Dirne als Magd aufhängen, hübsch ist sie ja und zu benehmen weiß sie sich auch! Ei, Hobbie Elliot wird seine Freude heut Morgen haben, wenn er heimkommt und weder Braut noch Hof mehr findet!«

»Und Ihr habt kein Mitleid mit ihm?«, fragte der Zwerg.

»Mitleid? Würde er es haben mit mir, wenn er mich unterm Galgen sähe? Der hübschen Dirne wegen reut's mich aber doch halb und halb. Na, er kriegt schon eine andre, der Schaden wird so groß nicht für ihn sein. Ist doch eine so gut wie die andre! Ihr hört's ja so gern, Elshie, wenn's Unheil setzt; habt Ihr je vernommen von schlimmerem Streich, als ich ihn heut Morgen verübte?«

»Luft und Meer und Feuer«, sprach der Zwerg in sich hinein. »Erdbeben, Sturm und Vulkan sind mäßige Gewalten im Vergleich zu menschlichem Grimm und Zorn! Und was ist dieser Kerl anders als ein Schurke, geschickter als andre, des Daseins Zweck zu vollführen? Höre, Bandit, was ich dir sage: Geh dorthin zurück, wohin ich dich früher sandte!«

»Zu dem Verwalter?«

»Ja, und sag' ihm: Elshender der Klausner wolle, dass er dir Geld gebe! Aber höre: Lass die Dirne frei, lass sie unverletzt! Bring' sie zurück zu ihren Verwandten! Lass sie schwören, dass sie reinen Mund halte über dich und dein schurkisches Tun!«

»Wenn sie nun aber den Eid nicht hält?«, fragte Westburnflat.

»Weibsvolk ist bekannt dafür, dass es nicht Wort hält. Das sollte solch weiser Mann wie Ihr wissen! Und unverletzt soll ich sie ziehen lassen? Wer weiß, was vorfällt, wenn sie länger in Tinning-Back weilt. Karlchen Galgenschneller ist ein rauer Wicht! Für 20 Stück Gold in bar lässt sich aber, denk ich, bürgen, dass sie binnen heut und 24 Stunden wieder bei ihrer Sippe ist.«

Der Zwerg nahm ein Blatt Papier und schrieb ein paar Worte drauf.

»Hier hast du, was du willst«, sprach er und gab dem Räuber das Blatt, »aber merk' dir: Du weißt, dass du mich durch Verräterei nicht betrügen kannst! Verhältst du dich ungehorsam gegen meine Befehle, so steht dein elendes Leben dafür ein. Rechne drauf!«

»Dass Ihr Gewalt auf Erden besitzet, gleichviel wie Ihr in ihren Besitz gelangt sein möget, weiß ich«, versetzte der Bandit mit zu Boden gewandtem Blick. »Ich weiß ebenso, dass Ihr Dinge vermögt, wie kein anderer Mensch, durch Arzneien sowie durch prophetische Gabe. Auf Euren Befehl regnet's und auf Euren Befehl sah ich an frostigem Oktobertag die Käppchen von den Eschblüten fallen. Ich werde Eurem Befehl gehorsam sein.«

»Dann pack dich und mach mich deiner verhassten Nähe ledig!«

Der Bandit spornte sein Pferd und ritt hinweg ohne Antwort.

Hobbie Elliot hatte unterdes die Heimkehr beschleunigt. Ihn quälte eine seltsame Angst vor Unheil, eine Empfindung, die der Mensch durch die Worte Ahnung oder Vorgefühl bezeichnet. Noch war er nicht auf dem Kamm des Hügels, von wo aus man sein Haus und Hof liegen sah, als ihm seine Amme oder »Kindsmagd« entgegengerannt kam. Zur damaligen Zeit, wo das Verhältnis zwischen Pflegekind und Amme noch für unlöslich galt, wo die Kindsmagd zur Familie zählte und vom Haupte derselben alle Aufmerksamkeit und Rücksicht genoss, noch eine wichtige Person! Annaple hieß Hobbies Amme, und kaum wurde er ihrer in dem roten Rock und in der schwarzen Haube ansichtig, als ihm herbe Gedanken in die Seele schlichen, die er in folgendes Selbstgespräch übersetzte:

»Welches Unglück kann es sein, das meine alte Amme, die sich doch sonst keinen Büchsenschuss weit entfernt, so weit hinweg führt von unserm Hause? Ob sie Schwarz- oder Moosbeeren im Moore sammeln will, um die Hochzeitstorte zu backen? Aber die bösen Reden des alten Grobians von Krüppel, des boshaften Narren draußen im Moor, kann ich nicht loswerden! Der geringste Umstand setzt mich in Unruhe, verursacht mir schlimme Ahnung! O Killbuk, du tolles Vieh, es gibt doch der Ziegen noch genug im Lande, musstest du dir gerade seine Ziege statt eines Rehs heraussuchen, um sie zu packen und würgen!«

Mittlerweile war Annaple herangehumpelt. Tiefe Trauer lagerte auf ihrer Stirn und Verzweiflung leuchtete so hell aus ihrem Blick, dass er sich nicht traute, nach der Ursache zu fragen. »Ach, mein Kind, mein liebes Kind!«, rief sie und hielt sein Pferd am Zügel. »Dreh um und geh nicht weiter! Es harrt deiner ein Bild, grausig genug jedem Fremden, grausam genug, dich selber auf dem Fleck zu töten!«

»Im Namen des allmächtigen Gottes, Annaple, was ist geschehen?«, rief der junge Weidmann entsetzt und suchte den Zügel den Händen der Greisin zu entwinden. »Lass mich, um Himmels willen, lass mich! Ich muss sehen, was geschehen!«

»Weh mir, mein Hobbie, dass ich solchen Tag erleben musste! Der Stall steht in Lohe und der Feim liegt in roter Glut und alles Vieh ist weggetrieben! Dreh um, du mein Liebling, und geh nicht weiter! Was heute Morgen meine alten Augen gesehen, wird dir das junge Herz brechen!«

»Wer hat solches gewagt, Kindsmagd? Lass die Finger vom Zügel, Annaple! Wo ist die Urahn? Wo sind die Schwestern und wo ist Grace? Herr Gott, des Zauberes Worte summen mir in den Ohren!«

Im Nu war er vom Pferde und hatte sich frei gemacht von den Armen der Kindsmagd und rannte den Hügel hinauf.

Hier sah er das Schauspiel, das die Alte gekommen war ihm zu künden. Grausig! Herzzerreißend! Zu Wahnsinn stimmend! Sein Haus und Hof, am Gebirgsbach in ländlicher Stille gebaut diese trauliche Stätte behäbigen Daseins, diese sichere Unterkunft für sich und die Seinen, die er verlassen hatte mit allen Zeichen des Glücks und des Friedens, lag jetzt vor seinen Blicken als wüste, rauchgeschwärzte Ruine! Aus dem in Trümmern liegenden Gemäuer stieg noch der Rauch empor in züngelnden Schlangen; Torfschuppen, Getreidescheuer, Stallung und Vieh, aller Reichtum eines Landmanns im Gebirge zu damaliger Zeit, und bei Hobbie Elliot in nicht ungewöhnlicher Menge vorhanden, war in einer einzigen Nacht ein Raub der Flammen geworden.

Einen Moment lang war er sprachlos, regungslos. Endlich löste sich ihm die Zunge und er rief:

»Zugrunde gerichtet! Arm wie eine Kirchenmaus! Alles, alles weg bis auf den letzten Heller! Aber verflucht sei alles irdische Gut, stände ich bloß nicht eine Woche vor der Hochzeit! Aber«, rief er und ballte die Fäuste, »ich bin kein Knabe, dass ich mich hinsetze und flenne … Wenn ich bloß Grace bei Wohlsein finde und die Urahn mit den Schwestern, so kann ich, gleich dem Großvater unter des alten Buccleuch schrillem Banner, in den Krieg nach Flandern ziehen. Also Mut, Hobbie! Mut, sonst büßt das Weibsvolk allen Mut ein, den es vielleicht noch hat!«

Hobbie schritt tapfer hügelabwärts, entschlossen, die eigne Verzweiflung zu bekämpfen und Trost zu spenden, den er selbst nicht fühlte. Um die Brandstätte herum standen die Nachbarn, vornehmlich solche seines Namens, die jüngeren in Waffen, nach Rache schreiend, wenngleich sie nicht wussten, wen Rache treffen sollte; die älteren beflissen, den vom Feuer Heimgesuchten Hilfe zu leisten. Die Hütte der Kindesmagd, unfern der Brandstätte am Bache gelegen, war im Handumdrehen hergerichtet zum Aufenthalt für die Urahn und für die Mädchen. Was dazu vonnöten war, denn aus dem Feuer war nur wenig gerettet worden, trugen die Nachbarn herbei.

»Ihr Männer, sollen wir den ganzen Tag hier stehen und gaffen auf die rauchigen Mauern der Wohnstätte unsers Verwandten? Jegliche Rauchsäule, die aufsteigt, ist für uns ein Qualm der Schmach! Zu Pferde, zu Pferde! Auf die Jagd nach den Brandstiftern! Wo am nächsten finden wir Schweißhunde?« So rief es durcheinander.

»Bei Earnscliff!«, versetzten andre. »Er ist schon unterwegs mit sechs Reisigen, die Schandbuben aufzuspüren!«

»Ihm nach, ihm nach«, riefen andre, »die Lärmglocken sollen im Lande dröhnen! Lasst uns Beistand unterwegs sammeln! Wer uns zunächst liegt, soll unsre Faust zuerst fühlen!«

»Maul gehalten, ihr Grünschnäbel!«, warnte ein Greis. »Keiner von euch weiß, was er schwatzt! He! Sollen wir Krieg entzünden zwischen zwei friedlichen Ländern?«

»Was summt man uns die Ohren voll mit Ahnen und ihrer Mär, wenn wir hier stehen und sehen sollen, wie dem Hobbie das Haus überm Kopfe angesteckt wird, wenn wir nicht Hand anlegen dürfen, ihn zu rächen? Das war nicht Weise unsrer Ahnen – die Überzeugung habe ich!«

»Ich sage kein Wort dagegen, dass man Rache nimmt für die Unbill, die heute Hobbie, dem Armen, widerfahren ist. Aber heute müssen wir das Gesetz für uns haben, Simon!«, bemerkte der klügere Greis.

»Zudem glaube ich nicht«, meinte ein andrer Greis, »dass jetzt noch jemand lebt, der das für einen Raubzug über die Grenze vorhandene gesetzliche Verfahren kennt. Tam von Whittram war damit bekannt, der ist aber im harten Winter vorigen Jahrs gestorben!«

»Freilich«, meinte ein Dritter, »der war bei dem großen Schwarm, als bis Thirlmall gejagt wurde; im Jahre der Schlacht von Philiphaugh war's.«

»O«, rief noch ein anderer in diesem Durcheinander von Ratgebern, »viel Geschick ist dazu nicht vonnöten! Es wird ein brennendes Torfstück oder Heubüschel oder dergleichen auf eine Speerspitze gesteckt, in ein Horn geblasen und das Merkwort für das Aufgebot gerufen, dann darf man das gestohlene Gut nach England verfolgen und mit starker Hand wieder an sich nehmen oder man darf Gut von einem Engländer fortnehmen; vorausgesetzt freilich, dass man nicht mehr raubt als einem geraubt worden ist. So lautet das alte Grenzgesetz, gegeben zu Dundrennan in den Tagen des schwarzen Douglas. Hieran darf niemand zweifeln. Das ist so klar wie die Sonne!«

»Dann kommt, Burschen«, rief Simon, »zu euren Rappen und Braunen! Lasst uns Caddy, den alten Taglöhner, mitnehmen, der kennt den Wert des geraubten Viehs und Hausgeräts! Hobbies Ställe und Scheunen sollen heut Abend wieder gefüllt sein; und lässt sich das alte Haus nicht so schnell wieder aufbauen, so lässt sich eines in England ebenso schnell niederbrennen wie Heugh-foot! Das gilt als ehrlich Spiel hienieden!«

Dieser Aufruf zu Brand und Plünderung wurde vom jüngeren Volk höchst beifällig aufgenommen. Da ging ein Geflüster durch die Reihen: »Dort kommt Hobbie selber, der Arme!«, und weiter hieß es nun: »Warten wir, was er sagt! Folgen wir seinen Reden!«

Der, den das Unglück am härtesten getroffen, war nun von dem Hügel herabgestiegen und eilte durch den Haufen Volks. Außer dass er den freundlichen Druck einer Nachbars- oder Verwandtenhand erwiderte, ließ ihm sein erregter Gemütszustand im ersten Augenblick weder Zeit noch Ruhe zu einem Gedanken oder einer Überlegung. Erst als er die Hand Simons, des Kätners von Hackburn, drückte, fand er Worte in seiner Herzensqual.

»Ich danke dir, Simon«, sprach er, »Nachbarn, ich danke euch! Was ihr mir sagen wollt, weiß ich – aber wo sind sie? – wo sind – wo ist –«, stotterte er, gleich als fürchte er sich, die Namen derjenigen zu nennen, nach denen er sich erkundigen wollte.

Von ähnlicher Empfindung beherrscht, deuteten die Verwandten, ohne Antwort zu geben, auf die Hütte der Kindsmagd.

Hobbie stürzte hinein mit dem verzweifelten Ausdruck eines Menschen, der gefasst, aber auch willens ist, alles Schlimme auf einmal zu hören.

»Armer Hobbie! Armer Elliot vom Heugh-foot!«, rief es von allen Seiten mit dem herzzerreißendsten Ausdruck des Mitleids … »Jetzt wird er das Schlimmste erfahren!«

»Hoffentlich gelingt es dem jungen Earnscliff, der armen Dirne Spur zu finden!«

Das Wiedersehen zwischen Hobbie und seiner Sippe war ergreifend. Die Schwestern warfen sich ihm an den Hals und überhäuften ihn mit Liebkosungen, wie wenn sie ihn hindern wollten, sich umzusehen, wie wenn sie hofften, dass es ihnen gelingen würde, ihm die Abwesenheit der Braut zu verbergen.

»Helf dir Gott, mein Sohn! Er kann helfen, wenn Vertrauen hienieden an zerbrochnem Halme hängt!« Das waren die Grußworte der Urahn für den unglücklichen Enkel.

Wild schaute er um sich, zwei Schwestern an der Hand haltend, dieweil die dritte ihm am Halse hing. »Ich sehe euch«, sprach er, »ich zähle euch: die Urahn, Lili, Jenny, Annot! Aber wo, wo ist« – wieder hielt er inne, als müsse er sich zum Reden zwingen – »wo, wo ist Grace?«, schrie er jetzt wie rasend. »Grace, wo ist Grace? Dass sie sich jetzt vor mir verstecke, dazu ist jetzt die Zeit nicht! – Zu Scherz und Tändelei wäre sie schlimm gewählt!«

»Ach, Bruder!« und »Die arme, arme Grace!« lauteten die einzigen Worte, die er auf seine Fragen erlangen konnte, bis endlich die Urahn aufstand, ihn sanft aus den Händen der weinenden Mädchen löste und mit jener milden Zuversicht ihn anredete, die aus wahrer Frömmigkeit entspringt und, wie Öl die Wogen, den Seelenschmerz zu lindern vermag … »Kind, mein Kind! Als dein Großvater gefallen war im Kriege und mich zurückließ mit sechs vaterlosen Waisen, fast ohne Brot zur Nahrung, fast ohne Dach über dem Haupte, da fand ich Kraft, nicht aus mir selbst, aber durch Den da droben, der seine Hand hält über Gerechten und Ungerechten, die Kraft zu sprechen: ›Herr Gott! Dein Wille geschehe!‹ Mein Kind, mein Sohn! Sohn meines Sohnes! Unser friedliches Haus ist gestern durch bewaffnete, maskierte Reiter überfallen, erbrochen worden! Alles, alles haben sie geraubt und zerstört und deine süße Grace haben sie hinweggeführt! Bete, mein Sohn, bete, auf dass du Kraft findest zu sprechen gleich mir: Herr Gott! Dein Wille geschehe!«

»Mutter – Mutter – nicht jetzt bestürme mich – ich kann nicht – nicht jetzt! – Ich bin ein sündhafter Mann aus grimmem Geschlecht, von hartem Sinn! Berittene mit Waffen in der Hand – mit Masken verdeckt – haben Grace geraubt! Aus meinem Hof und Haus! Gebt mir mein Schwert! Rucksack und Schwert! Ich will Rache nehmen und keine Ruhe suchen, bis ich sie gefunden, und sollte ich in die tiefsten Gründe der Finsternis dringen! Mein Schwert her! Rucksack und Schwert her!«

»Mein Kind! Mein Sohn! Sohn meines Sohnes!«, flehte die Urahn. »Fasse dich in Geduld unter der Zuchtrute des Herrn! Wer kann sagen, wann Er die Hand von uns zieht? Earnscliff, Gott segne den jungen Herrn aus edlem Geschlecht, ist schon unterwegs zur Verfolgung der Räuberschar, mit Davie von Stenhouse und den ersten, die sich hier einfanden. Haus und Hausgerät, rief ich ihnen zu, sollten sie stehen und liegen lassen, um Grace wiederzubringen. Drei Stunden nach dem Überfall sprengten sie schon über die Heide, Earnscliff mit seinen Mannen. Gottes Segen über sein Haupt! Er ist ein echter Earnscliff, der wahrhafte Sohn seines Vaters! Ein wackerer Mensch und ein treuer Freund!«

»Wahr redet die Urahn!«, pflichtete Hobbie bei. »Gottes Segen über sein Haupt! Ein wackrer Mensch, ein treuer Freund!«

»O Kind Sohn meines Sohnes! Ehe du dich in Gefahr begibst, lass mich nur einmal hören aus deinem Munde: Der Wille des Herrn geschehe!«

»Bestürme mich nicht, Mutter, nicht jetzt! Jetzt nicht!«, rief Hobbie und stürzte zur Hütte hinaus. Als er aber sich umdrehte und die Trauer sah, die sich über das Gesicht der geliebten Urahn senkte, da eilte er zurück, flog in ihre Arme und sprach: »Ja, Urahn, ich kann es!

Recht habt Ihr, Mutter, weil Ihr Trost darin findet. Der Wille des Herrn geschehe!«

»In Ewigkeit, Amen!«, sprach mit gefalteten Händen die Urahn. »Und nun geh! Sohn meines Sohnes! Möge Er dich geleiten und führen, auf dass du bei deiner Heimkehr ausrufen könnest: Gepriesen sei sein Name in Ewigkeit!«

»Lebt wohl, Mutter und Schwestern!«

Und der Jüngling sprengte über Moor und Heide.

8.

»Zu Ross! Zu Hauf!« Mit diesem Rufe an seine Sippe war er bald weit voraus und das Tal erdröhnte vom Schlachtrufe der jüngeren Freunde.

»Ha, ha«, rief Simon von Hackburn, »so ist's recht, Hobbie! Das ist die rechte Art! Das Weibsvolk lass daheim und sich grämen, die Männer müssen tun, wie ihnen geschehen. So steht es schon im Heiligen Buche!«

»Ruhig Mann«, rief einer von den älteren Leuten in strengem Tone; »lästert nicht Gottes Wort: Ihr wisst nicht, was Ihr redet!«

»Habt Ihr Nachricht, Hobbie? Kennt Ihr Spuren?«, rief der alte Dick von Dingle. »Bloß nicht zu wild, Junge!«

»Was soll uns jetzt Eure Predigt?«, rief Simon dazwischen. »Wisst Ihr Euch selber nicht zu helfen, so haltet andre nicht ab, die sich selber helfen können!«

»Still, Mann! Würdet Ihr Rache suchen, ohne zu wissen, wer Euch heimgesucht?«

»Glaubt Ihr, den Weg nach England kennten wir nicht genau so gut wie unsre Ahnen?«

»Von dort her kommt uns alles Übel: Das ist ein altes und wahres Wort, auf nach Süden, und so geschwind, als ob der Teufel uns in den Rücken bliese!«

»Lasst uns der Spur von Earnscliffs Rossen im Moore folgen!«, rief Elliot.

»Ich würde sie ausfindig machen in allen Mooren und wären sie noch so schwer zu erkennen«, sprach Heugh, der Grobschmied von Ringleburn; »denn ich beschlage seine Rosse immer mit eigner Hand.«

»Die Schweißhunde los!«, rief ein andrer. »Wo sind sie?«

»Halt, Mann! Lange schon ist die Sonne herauf und der Tau vom Erdreich verschwunden. Wie sollen sie die Spur noch finden?«

Sogleich pfiff Hobbie den Hunden, die um die Trümmer der einstigen Wohnstatt kreisten, die Luft mit lautem Wehgeheul erfüllend.

»Nun, Killbuck«, rief Hobbie dem Leithunde zu, »nun zeige mal, was du kannst« – dann hielt er inne, wie von jähem Lichtschein geblendet – »der hässliche Zwerg ließ ein paar Worte fallen: Vielleicht weiß er mehr, sei's von Schurken auf Erden oder von Teufeln in der Hölle. Herausbringen will ich es aus ihm und sollte ich es ihm mit meinem Dolch aus seinem missgestalteten Buckel schneiden!«

Darauf gab er den Kameraden schnelle Weisung: »Vier von euch reiten nach der Graemes-Kluft. Sind's Engländer, können wir sie in dieser Richtung abfangen! Die übrigen zerstreuen sich zu zweit über die Heide und treffen mich am Trysting-Teich. Meinen Brüdern, wenn ihr sie trefft, sagt, sie sollen uns folgen und dort aufsuchen oder erwarten. Die armen Jungen werden bekümmert sein wie ich: Auch sie wissen nicht, in welches Unglückshaus sie ihr Wildbret bringen. Ich selbst will über das Mucklestane-Moor!«

»Wär' ich an Eurer statt«, meinte Dick von Dingle, »dann redete ich mit dem Zauberer: Will er, so kann er Euch alles sagen, was im Lande vor ist!«

»Er soll's mir sagen«, versetzte Hobbie, seine Waffen instand setzend, »was er von der Schreckenstat dieser Nacht weiß, oder ich werde hören von ihm, warum er's nicht sagen will.«

»Doch sprich gesetzt und ruhig mit ihm, wackrer Hobbie! Denn Leute wie er vertragen den Widerspruch nicht! Zu häufig verkehren sie ja mit mürrischem Gespenster- und Teufelsvolk, dass ihr Gemüt nicht gallig werden sollte.«

»Überlasst es mir, mit ihm fertig zu werden. Mir steckt heut was unter dem Koller, das allen Kobolden auf Erden und allen Teufeln in der Hölle den Garaus zu machen vermöchte!«

Er spornte den steilen Hang hinauf und die andere Seite hinunter, dann quer durch den Wald und ein langes Tal, bevor er wieder am Mucklestane-Moor war. Um das Pferd frisch zu halten für Anstrengungen, die vielleicht noch winkten, hatte er seinen Galopp in Trab verwandelt. So fand er Muße zur Überlegung, wie er dem Zwerge nahen solle, um von ihm zu erfahren, was ihm, seiner Meinung nach, über die Räuber seines Glücks bekannt sein müsse. Wenn auch derb in seiner Rede und hitzig in seinem Wesen, so ermangelte doch Hobbie, gleich den meisten seiner Landsleute, der Schlauheit nicht, die gleichfalls einen Charakterzug des Schotten bildet neben Hitzigkeit und Derbheit. Wenn er das Benehmen des Zwergs von jenem merkwürdigen Tage an, da er ihn zum ersten Mal gesehen, verfolgte bis zu dem Abend vor der Unglücksnacht, an welchem er im Zorn von ihm schied, musste er sich sagen, dass Drohung und heftiges Wesen denselben in seinem Starrsinn bloß bestärken würden. Drum dachte er bei sich: »Ich will ihn artig ansprechen, wie mir der alte Dick geraten hat. Mögen auch die Leute reden, er habe einen Bund mit dem Satan geschlossen: Ein solch eingefleischter Teufel kann er nicht sein, dass er nicht Mitleid fühlen sollte mit einem Fall wie dem meinigen! Auch reden die Leute ja, dass er manchmal Gutes tue und Barmherzigkeit übe. Ich will, so gut ich es vermag, Grimm und Zorn niederkämpfen, will ihm mit Milde nahen – und kommt es zum Ärgsten, nun, so brauche ich ihm höchstens den Kopf umzudrehen!«

In solcher versöhnlichen Stimmung nahte Hobbie der Hütte. Der Zwerg saß nicht auf seinem Steine. Auch im Garten und hinter dem Zaune konnte ihn Hobbie nicht sehen.

»Er steckt in seinem Schlupfloch«, dachte Hobbie, »vielleicht will er mir ausweichen! Ich will ihm aber seine Höhle über seinem Haupte niederreißen, wenn ich nicht anders zu ihm kommen kann.«

Nach diesem kurzen Selbstgespräch erhob er die Stimme, in so bittendem Tone, wie ihm bei der Aufregung, die ihn noch immer schüttelte, nur irgend möglich war … »Elshie! Guter Freund! Elshie, kluger Vater!« Keine Antwort! Der Zwerg blieb stumm … »Fahr dir die Pest in deinen krummen Leib!«, brummte Hobbie zwischen den Zähnen. Dann suchte er wieder seinen milden Ton zu finden … »Guter Vater Elshie! Ein armes, elendes Wesen sucht Rat bei Eurer Weisheit!«

»Recht so, recht so, umso besser!«, kreischte es durch eine schmale, einer engen Schießscharte ähnelnde Öffnung von Fenster, die der Zwerg über dem Eingang zu seiner Hütte angebracht hatte und durch die er jeden sehen konnte, der sich ihm näherte, ohne dass es solchen möglich war, ihn selber zu sehen.

»Umso besser?«, fragte Hobbie mit Ungeduld. »Was soll die Rede? Hört Ihr denn nicht, dass ich der elendeste Mensch bin unter der Sonne?«

»Und habt Ihr nicht gehört, dass ich Euch sagte, dies sei umso besser? Habe ich Euch nicht heut Morgen, als Ihr Euch glücklich prieset, gesagt, welches Abends Ihr Euch gewärtig halten solltet?«

»Gesagt habt Ihr mir das«, versetzte Hobbie, »und eben das hat mich bestimmt, jetzt Euren Rat einzuholen. Wer ein Unglück voraussah, kann wohl auch die Arznei kennen, die solches zu heilen vermag!«

»Arznei für irdisches Unglück kenne ich nicht«, entgegnete der Zwerg, »und wäre es der Fall, wieso käme ich dazu, andern zu helfen, da mir doch niemand geholfen hat? Bin ich nicht um Reichtum gekommen, der all deine öden, kahlen Hügel hundertmal aufwog? Hab ich nicht meinen Rang eingebüßt, mit dem in Vergleich gestellt der deinige knapp der eines Kossäten ist? Bin ich nicht gesellschaftlichen Kreisen entrückt, in denen alle Liebenswürdigkeit und alle Intelligenz wahrhaft gebildeter Menschheit herrschte? Bin ich nicht all dessen verlustig gegangen? Hause ich nicht hier in dieser hässlichsten, einsamsten aller Einöden als Ausgestoßener der Natur, als das Hässlichste von allen Dingen, die mich umgeben? Weshalb soll ich das Wimmern anderer Würmer, die zertreten werden, hören, da ich doch selber unter den Rädern eines Sichelwagens seufze, der seinen Opfern die Glieder stückweis vom Leibe trennt?«

»All dies könnt Ihr verloren oder eingebüßt haben, wie Ihr es nennen wollt«, antwortete Hobbie in der Bitterkeit seines Wehs: »Land und Leute, Stellung und Rang, Hab und Gut; aber nimmer kann Euer Herz so voll Trauer sein wie das meine; denn Ihr habt niemals Grace Armstrong verloren. Meine letzte Hoffnung ist nun geschwunden: Ich werde sie nie mehr, nie mehr wiedersehen!«

Unsäglicher Schmerz sprach aus diesen Worten. Eine lange Pause folgte. Der Grimm, die wilde Erregtheit des armen Menschen waren mit dem Klange des Namens der Braut geschwunden und hatten schlimmstem Herzweh das Feld geräumt.

Aber bevor er die Kraft wiederfand, von Neuem das Wort an den Klausner zu richten, zeigte sich dessen knochige Hand mit den ungetümen Fingern in dem kleinen Fensterloch, und ein großer, lederner Beutel fiel mit hellem Klange vor Hobbies Füßen auf die Erde. Dann erklang des Klausners raue Stimme und Elliot vernahm die Worte:

»Zu Euren Füßen, Hobbie Elliot, liegt die Universalpanakeia, das Allerweltsheilmittel für alles Allerweltsübel, für allen Allerweltsjammer. Zum wenigsten ist dies der Allerweltsglaube, der Glaube der Jammernaturen hienieden! Scher dich heim; du bist doppelt so reich jetzt als vorgestern! Aber peinige mich nicht mehr mit Fragen, mit Dank oder Klagen: Sie sind mir alle gleich verhasst!«

»Beim Himmel, das ist Gold!«, rief Elliot nach einem Blick in den Beutel. Dann sprach er weiter zu dem Klausner: »Gern erkenne ich Euren guten Willen an, Elshie, und gern stellte ich Euch einen Schuldschein aus über einiges Silbergeld oder einen Pfandbrief über den Grund und Boden von Wide-Open! Aber, Elshie, ich weiß nicht, wie ich mich verhalten soll! Soll ich Euch die Wahrheit sagen, Elshie, so mag ich sein Silber nehmen, ohne zuvor zu wissen, dass es ehrbarer Herkunft ist. Wer weiß, ob sich Euer Silber nicht zu Kieselstein wandelt und einem armen Menschen zu gleisnerischem Trug wird!«

»Unwissender Tor!«, versetzte der Zwerg. »Der Plunder zu Euren Füßen ist ganz ebensolch echtes Gift wie anderes, das den Eingeweiden der Erde jemals entrissen worden. Nimm es und brauch es! Und mag es dir gedeihen wie mir!«

»Aber, Elshie, ich sagte Euch ja«, hub Elliot wieder an, »nicht um Geldes und Gutes willen kam ich zu Euch! Meine Scheuer war schön und die Zahl meines Viehs überstieg die dreißig und es waren durchweg Stücke, wie sie edler sich auf dieser Seite des Hat-Rail nicht wiederfinden! Aber Geld und Gut mag mir genommen sein! Was ich von Euch zu hören kam, um was ich Euch flehentlich bitte, Elshie, ist eines, nur eines: Könnt Ihr mir die Spur weisen von meiner Grace? Könnt Ihr mir sagen, wo ich sie zu suchen habe, die arme Dirne? Wäre solches der Fall, Elshie, so wäre ich auf Lebenszeit gern Euer Sklave in allem, was das Heil meiner Seele nicht in Gefahr setzt! Ach, Elshie, könnt Ihr's, so sagt mir ein paar Worte! Ich bitte Euch flehentlich!«

»Wohlan«, erwiderte der Zwerg, scheinbar überdrüssig der dringlichen Reden des Jünglings, »da du noch nicht genug zu haben scheinst am eignen Elend, sondern dich noch zu beladen suchst mit Weiberkummer, so lass dir sagen: Suche, die dir abhanden gekommen, im Westen!«

»Im Westen? Ein Wort von weitem Sinne!«

»Das letzte Wort, das ich zu äußern willens bin!«

Mit diesem Bescheid schlug der Zwerg das Fenster zu, es Hobbie anheimgebend, den Wink, der in dem Worte lag, nach vorhandenem Vermögen zu nützen.

»Im Westen?«, sprach Elliot bei sich. »Das Land ist doch im Durchschnitt ruhig! Sollte es der Jock vom Fuchsbau sein? Aber der ist für solchen Streich doch zu alt! – Im Westen?«, und wieder sann er. Da schlug er sich vor die Stirn. »Ha«, rief er, »bei meinem Leben! Westburnflat! Der Westburnflat muss es sein! Elshie«, wandte er sich bittend wieder an den Zwerg, »nur ein Wort, ein einziges, noch! Hab ich recht? Ist Westburnflat der Brandstifter und Räuber? Oder vielmehr, Elshie, sag's mir, wenn ich unrecht habe! Denn ich möchte keinen unschuldigen Nachbarn durch Gewalt verletzen. Keine Antwort, Elshie? Ha! Also ist's der rote Bandit? … Dass er sich an mich und meine zahlreiche Sippe getrauen würde, habe ich nicht geglaubt – ich glaube, er hat einen bessern Hinterhalt als seine Freunde aus Cumberland! Lebt wohl, Elshie, und vielen Dank! Mit dem Silber kann ich mich jetzt nicht befassen, denn ich muss meine Sippe auf dem Sammelplatz treffen. Hier, nehmt's herein! – Nun, wollt Ihr das Fenster nicht öffnen, so könnt Ihr's ja wieder hereinnehmen, wenn ich weg bin! – Noch immer keine Antwort, Elshie? Er ist taub oder toll – vielleicht beides! Aber zu weiterem Schwatzen hab ich jetzt nicht Zeit!«

Hobbie Elliot ritt zum bezeichneten Trefforte hin. Vier bis fünf Reiter befanden sich bereits dort. Während ihre Rosse unter den Birken weideten, deren Laub über einen breiten, stillen Teich herniederhing, standen sie in einer Gruppe und hielten Rat. Eine zahlreichere Schar ritt vom Süden heran. Es war Earnscliff mit seinen Mannen, der die Spur des geraubten Viehs bis zur englischen Grenze verfolgt, aber dort kehrt gemacht hatte zufolge der Kunde, es seien beträchtliche Streitkräfte unter jakobitischen Edelleuten zusammengezogen und Nachrichten über Aufstände in verschiedenen Teilen Schottlands eingelaufen. Hierdurch verlor der räuberische Überfall den Anschein privater Feindschaft oder räuberischer Absicht und lenkte hinüber in das Kapitel des Bürgerkrieges: eine Ansicht, der Earnscliff auch selber zuneigte.

Der junge Edelmann begrüßte Hobbie mit herzlicher Teilnahme und gab ihm Kenntnis von der Kunde.

»Dann will ich mich nicht vom Fleck rühren«, rief Elliot, »wenn bei der schurkischen Tat nicht der alte Ellieslaw die Hauptrolle spielt! Dass er mit den Katholiken in Cumberland Beziehungen hat, ist Euch bekannt. Es stimmt auch völlig zu dem Winke, den mir Elshender gegeben hat, denn Ellieslaw hat Westburnflat immer Schutz und Unterstand geliehen, und dass die Gegend um seine Güter herum geplündert und von waffentragende Mannen entblößt wird, bevor er losschlägt, wird ihm sicher ganz gut in den Kram passen!«

Jetzt erinnerten sich manche gehört zu haben, dass sich Scharen im Lande sammeln sollten, für Jakob den Achten zu kämpfen, denen Auftrag geworden wäre, allen Rebellen die Waffen zu nehmen. Anderen war zu Ohren gekommen, Westburnflat habe bei Gelagen damit geprahlt, dass Ellieslaw bald für die Sache der Jakobiten die Waffen erheben und dass ihm selber unter Ellieslaws Oberbefehl eine hervorragende Stelle zufallen werde; dann würden sie schon dem jungen Earnscliff und anderen, die zur Regierung hielten, die Hölle heiß machen. Zufolge solcher Nachrichten neigten alle der Ansicht zu, dass Westburnflat auf Ellieslaws Geheiß Räuber geworben und gegen Hobbies Heim geführt habe. Ohne Säumen wurde Beschluss gefasst, nach Westburnflats Burg aufzubrechen und sich der Person des Räubers zu versichern.

Inzwischen war durch weiteren Zuzug die Zahl der Reiter bis auf zwanzig angewachsen, die zwar mannigfache Ausrüstung trugen, aber im Durchschnitt als gutbewaffnet gelten konnten.

Zwischen Höhen bricht bei Westburnflat aus engem Tal ein Bach, um sich in eine große sumpfige Fläche von reichlich einer Meile im Umkreis zu verlaufen. Der Bach ändert hier seinen Charakter: Aus einem Bergstrom mit reißendem Lauf wandelt er sich zu einem fast stehenden Wasser, das sich einer blauen, geschwollenen Schlange ähnlich in allerhand Windungen durch die Sümpfe arbeitet. An dem Ufer dieser Schlange, fast in der Mitte der sumpfigen Fläche, erhob sich die Burg oder richtiger der Turm von Westburnflat: Eine der wenigen Grenzfesten zwischen England und Schottland, die von der großen Sperrkette früherer Jahrzehnte noch vorhanden waren. Der Boden, auf welchem er stand, ragte an etwa hundert Ellen über den Sumpf und bildete, sanft ansteigend, um den Turm herum ein trockenes Rasengebiet. Darüberhinaus war alles gefährlicher, unzugänglicher Sumpf, wo man nur auf gewundenem Pfade, außer den Turmbewohnern kaum jemand bekannt, festen Weg zu finden vermochte. Unter Earnscliffs Mannen befanden sich einige, tauglich zu Führern in diesem schlimmsten aller Moore. War auch der Turmherr seinem Charakter und seiner Lebensweise nach bekannt genug im Lande, so waren doch die Begriffe über Eigentum noch immer locker genug, dass man ihn nicht mit dem Abscheu betrachtete, der ihn in anderen besser zivilisierten Ländern unfehlbar hätte treffen müssen. Im Allgemeinen gemieden von den ruhiger gesinnten Nachbarn, galt er doch nicht als einer, der das Brandmal der Schande als Bandit oder Räuber trägt, sondern wurde mehr im Lichte eines gewerbsmäßigen Spielers, der es mit der Ehrlichkeit nicht genau nimmt, oder eines »Buchmachers« bei Rennen, dem die höchste Wette nicht als gefährlich scheint, betrachtet; und der Grimm der Leute im vorliegenden Falle hatte seinen Ursprung nicht sowohl in der Tat selber, die sich von einem Straßenräuber kaum anders erwarten ließ, als vielmehr in ihrer rohen Gewalt einem Nachbarn gegenüber, der zu Unfrieden nicht Ursache gegeben, und nicht zum Wenigsten mit in dem Umstande, dass der Geschädigte zu dem zahlreichen und angesehenen Clan der Elliots gehörte.

Diejenigen aus der Schar, die Bescheid mit dem Pfad über das Moor wussten, eröffneten nun den Marsch hinüber, und nicht lange währte es mehr, so standen die Schwerbewaffneten auf dem festen Erdreich, das den Turm von Westburnflat trug.

9.

Der Turm von Westburnflat war ein kleiner, viereckiger Bau von düsterm Aussehen, mit dicken Mauern und Fensterlöchern darin, die mehr darauf berechnet zu sein schienen, dass sie den Verteidigern des Turms Wege für ihre Wurfgeschosse nach außen, als dem Licht und der Luft nach innen zu schufen. An jeder Mauerseite ragten kleine, durch ein Einzeltürmchen gekrönte Zinnen empor; eine Vertiefung in der Mauer unterhalb der Brüstung, überragt durch ein steiles, mit grauen Steinen gedecktes Dach, bot der Verteidigung weitere Stütze. Den Zugang wehrte ein mit Nägeln beschlagenes Tor; vom inneren Gebäude aus führte eine Wendeltreppe zum Dach empor.

Es schien Hobbie Elliot, als ob die Bewegungen der Seinen von einem der Einzeltürmchen aus überwacht würden. Seine Mutmaßung bestätigte sich alsbald. Durch eine der engen Schießscharten wurde eine Frauenhand gesteckt, die mit einem Tuche wehte. Hobbie geriet außer sich vor Freude und Eifer.

»Es war Graces Hand und Arm«, rief er, »ich kenne sie unter Tausenden. Nichts gleicht auf dieser Seite der Grenzberge Graces Arm und Hand. Wir holen sie heraus, Bursche, und müssten wir den Turm von Westburnflat steinweis abtragen!«

Es wurde beschlossen, die Besatzung zur Übergabe aufzufordern. Endlich gelang es den Belagerern, durch ihr Geschrei und durch den Schall zweier Jagdhörner ein altes Weib zu bewegen, dass es sein hageres Gesicht an der über dem Eingangstor liegenden Schießscharte zeigte.

»Des Räubers Mutter«, rief einer der Elliots, »ein Weib, zehnmal schlimmer als er selber! Ihr fällt das meiste von allem Übel zur Last, das er im Lande anrichtet.«

»Wer seid ihr? Was wollt ihr?«, fragte das Weib.

»Wir suchen den William Graeme von Westburnflat«, lautete Earnscliffs Antwort.

»William Graeme ist nicht zu Hause«, erwiderte die Alte.

»Wann hat er seinen Turm verlassen?«, fragte Earnscliff weiter.

»Das weiß ich nicht«, lautete die Antwort.

»Wann will er zurück sein?«, fragte Hobbie.

»Das weiß ich nicht«, lautete wiederum die Antwort.

»Ist jemand bei Euch im Turm?«

»Mein Kater«, rief das Weib, »sonst kein lebend Wesen!«

»So öffnet das Tor und lasst uns herein!«, rief Earnscliff. »Ich bin Friedensrichter und verfolge die Spur eines Raubzuges.«

»Der Teufel knicke dem die Finger, der für euch einen Riegel löst«, keifte die Wächterin der Feste, »von meinen Fingern tut's keiner! Schämt euch, in solchem Hauf daherzukommen, mit Schwert, Speer und Sturmhaube, eine einsame Witwe zu schrecken!«

»Wir sind hier, weil des Verbrechens Spur hierher führt! Wir suchen Hab und Gut, das in Menge gewaltsam entwendet worden!«

»Dazu eine junge Frauensperson, die grausamerweise in Gefangenschaft geführt wurde und die zweimal so viel wert ist wie all die Habe!«, sagte Hobbie.

»Lasst Euch warnen, Weib!«, rief Earnscliff. »Wollt Ihr die Unschuld Eures Sohns erweisen, so könnt Ihr das nicht anders, als dass Ihr uns Zugang zu Eurem Hause und dessen Durchsuchung gestattet.«

»Und wenn ich mich weigere, solchem Gesindel, wie Ihr seid, die Schlüssel auszufolgen und Riegel und Gitter zu lösen?«, fragte voll Hohn die Alte.

»Dann werden wir mit Königsschlüssel das Tor öffnen und allen Lebenden im Haus die Hälse brechen, sofern Ihr uns nicht auf der Stelle einlasst!«, rief Hobbie drohend.

»Menschen, denen gedroht wird, leben lange!«, sprach die alte Hexe im nämlichen höhnischen Tone. »Versucht doch eure Geschicklichkeit, Bursche, an dem Eisengitter, das schon manchen fernhielt, der euch an Stärke und Klugheit nichts nachgab!«

Hohnlachend entfernte sie sich nach diesen Worten von dem Fensterloch, von wo aus sie dieses Gespräch geführt hatte.

Jetzt traten die Belagerer zusammen zu ernstlichem Kriegsrat. Die dicken Mauern waren für Büchsenkugeln unverletzlich. Der geringe Umfang der Fensterlöcher wehrte jeglichem Versuch hindurchzudringen. Das Tor war durch ein schmiedeeisernes Gitter von solcher Stärke geschützt, dass der kräftigste Mann sich umsonst daran versucht haben würde.

Zähneknirschend umschritt Hobbie die Feste, die sich als uneinnehmbar erwies. Die Zinnen auf Leitern zu ersteigen ließ sich nicht hoffen, denn dazu lagen die Fensteröffnungen zu hoch, von ihrer Enge und Kleinheit ganz abgesehen. Brandminen zu legen war ausgeschlossen, denn es fehlte an Material dazu; und wer hätte es auf sich genommen, es auf dem schmalen Pfade durch den Sumpf zu schaffen? Zudem fehlte es den Belagerern an Nahrungsmitteln, an Zelten für die Nacht, an allen anderen Erfordernissen, um eine wirksame Blockade zu eröffnen. Auch glaubte niemand von ihnen den Worten der Alten, dass sie allein in der Feste weile, hatte man doch Tritte von Hufen auf dem Moorpfade bemerkt, zahlreich genug, um die Meinung zu gewinnen, dass vor Kurzem mehrere Personen den gleichen Weg gezogen waren wie sie!

Plötzlich schlug sich Hobbie wieder vor die Stirn und rief:

»Ei! Warum nicht vorgehen wie vormals unsere Ahnen? Häufen wir Reisig vor das Tor und stecken es in Brand! Räuchern wir die alte Hexe innen zu Schinken und Speckseite!«

Alle pflichteten dem Vorschlag bei; manche eilten mit Dolch und Messer an das Bachufer, zu den Erlen und Hagedornbüschen, dürres Geäst abzuhauen; andre türmten dasselbe nahe dem Gitter zu hohen Haufen. Feuerschwamm war schnell in Brand gesetzt und Hobbie schritt schon auf den Reisighaufen zu, als sich an der Schießscharte über dem Eingang das finstere Gesicht des Banditen neben dem Rohr eines Stutzens zeigte.

»Schönen Dank!«, rief er höhnisch. »Schönen Dank, dass Ihr so emsig für Feuerung sorgt! Wagt Euch aber keinen Schritt näher mit Eurer Lunte heran, wenn Euch das Leben lieb ist!«

»Das lässt sich abwarten«, versetzte Hobbie und schritt furchtlos zu dem Haufen.

Der Räuber drückte den Stutzen ab. Zum Glück für unsern Freund versagte der Schuss: Eine andre Kugel aber streifte des Räubers Kopf; Earnscliff hatte ziemlich scharf auf das Ziel gehalten, das der Kopf hinter der schmalen Fensteröffnung bot. Sobald der Räuber, der sich von seinem gedeckten Posten sicher bessern Schutz versprochen hatte, die übrigens nicht erhebliche Blessur fühlte, rief er hinaus, dass er zu parlamentieren gewillt sei, und fragte, weshalb man einem friedlichen, ehrlichen Menschen in solcher Weise auf den Leib rücke.

»Wir fordern«, rief Earnscliff, »dass Ihr uns das Mädchen, das Ihr gefangen haltet, unversehrt und wohlbehalten überantwortet!«

»Was habt ihr mit ihr vor?«, versetzte der Räuber.

»Das zu fragen steht Euch kein Recht zu«, fiel ihm Earnscliff ins Wort, »denn Ihr haltet sie zurück mit Gewalt!«

»Hm, mir scheint, als könnten wir uns vergleichen«, rief der Räuber. »In Blutrache mit euch, ihr Herren, zu treten sei mir ferne; ich mag keines Elliot Blut verspritzen, wenngleich sich Earnscliff nicht bedachte mit dem meinigen … und doch hatte er bloß ein Ziel nicht größer denn ein Groschenstück! Es sei, da ihr mit anderm nicht zufrieden sein wollt, will ich nicht Ursach sein zu weiterem Unheil, sondern die gefangene Dirne euch ausfolgen.«

»Und Hobbies Hab und Gut?«, rief Simon von Hackburn. »Meint Ihr, eines Elliots Haus und Hof plündern und sengen zu dürfen, als sei es nichts anderes als eines alten Weibes Hühnerstall?«

»So wahr ich von Brot lebe«, versetzte Willie von Westburnflat, »kein Huf von seinem Vieh ist in meinem Besitz! Sein Vieh ist längst schon über den Sumpf getrieben. Aber zusehen will ich, was sich zurückholen lässt. Heut über drei Tage wollen wir uns in Castleton treffen, Hobbie und ich, ein jeder mit zwei Begleitern, und wollen zusehen, dass sich ein Abkommen finden lasse in Betreff des Schadens, den er durch mich erlitten zu haben vorgibt.«

»Recht so«, rief Elliot, »ich denke, das wird sich machen!« Dann drehte er sich zu seinem Verwandten und sprach leiser: »Die Pest über mein Vieh, wenn es nicht anders sein soll! Redet kein Wort mehr drüber, Mann, sondern erlösen wir Grace, das arme Ding, aus dieser Hölle!«

»Wollt Ihr mir das Wort verpfänden, Earnscliff«, fragte der Räuber, der seinen Platz hinter der Schießscharte noch inne hatte, »wollt Ihr mir Treue verbürgen mit Hand und Handschuh, dass ich frei kommen und gehen darf, das Tor zu öffnen und wieder zu schließen? Fünf Minuten für das eine und fünf für das andre? Geringere Frist reicht nicht aus, denn Schloss und Riegel wollen geschmiert sein. Wollt Ihr solches laut und feierlich erklären?«

»Es soll Euch reichlich Zeit bleiben, Willie Westburnflat«, antwortete Earnscliff. »Ich verpfände Wort und Treue und verbürge mich mit Hand und Handschuh! Meine Mannen sind mir und Euch Zeugen!«

»So wartet einen Augenblick«, versetzte Westburnflat, »oder vielmehr: Entfernt Euch auf Pistolenschussweite vom Tor! Nicht weil ich Eurem Worte misstraue, Earnscliff, stelle ich die Forderung; aber so ziemt es sich bei solchem Abkommen.«

»Hätt' ich dich bloß auf der Turnierwiese mit weiter niemand als zwei ehrlichen Burschen, um auf ehrlich Spiel zu schauen«, dachte Hobbie bei sich, als er die begehrte Strecke rückwärts schritt, »so wollt' ich es dir schon beibringen, dass es gescheiter für dich wär', eher das Bein zu brechen, als ein Stück von meinem Vieh anzurühren!«

»Der Spitzbube wird niemals seinem Vater gleichen«, brummte ärgerlich Simon von Hackburn, »er hat eine weiße Feder im Flügel!« Unterdes war die Innentür des Turmes geöffnet worden, und in dem Raum zwischen ihr und dem Eisengitter kam die Mutter des Räubers zum Vorschein. Hinter ihr, mit einem Frauenzimmer an der Hand, Willie von Westburnflat selber. Die Alte verriegelte hinter beiden das Gitter und blieb als Schildwache auf dem Posten.

»Es müssen ein paar von euch vortreten«, rief der Räuber, »das Mädchen heil und gesund aus meiner Hand zu nehmen.«

Hobbie trat schnellen Schrittes vor, die Braut in Empfang zu nehmen. Earnscliff, vor Verrat auf der Hut, folgte langsamer. Plötzlich verlangsamte Hobbie seinen Schritt und tiefe Niedergeschlagenheit prägte sich aus auf seinen Zügen, Earnscliffs Schritt hingegen beflügelte Ungeduld und Staunen. Nicht Grace Armstrong war es, der durch die Sippe der Elliots Befreiung aus dem Turm von Westburnflat wurde, sondern Miss Isabel Vere.

Von Zorn und Unwillen erfüllt, rief Hobbie grimmig:

»Wo ist Grace Armstrong?«

»In meinen Händen nicht!«, versetzte Westburnflat. »Sofern Ihr Zweifel setzt in meine Worte, mögt Ihr den Turm durchsuchen.«

»Falscher Schurke!«, rief Elliot, das Gewehr an die Wange reißend. »Rechenschaft sollst du über sie geben, oder auf der Stelle sterben!«

Aber seine Gefährten entwanden ihm im Nu die Waffe. »Hand und Handschuh! Wort und Treue!«, riefen alle wie aus einem Munde. »Hüte dich, Hobbie! Dem Westburnflat halten wir Wort und wäre er der größte Schuft, der je auf einem Ross gesessen, denn wir gaben ihm unser Wort!«

Zufolge solchen Schutzes gewann der Bandit die durch Elliots Drohung stark erschütterte Kühnheit wieder.

»Ich hielt euch Wort, ihr Herren«, sprach er, »also habt ihr mir kein Unrecht vorzuwerfen! Ist dieses die Gefangene nicht, die Ihr suchet«, – diese Worten waren an Earnscliff gerichtet – »dann gebt sie mir zurück. Ich bin ihren Angehörigen für sie verantwortlich.«

»Um unsers Heilands willen, Herr Earnscliff«, sagte Miss Vere, sich an ihren Befreier klammernd, »gewähren Sie mir Schutz! Verlassen nicht auch Sie ein Mädchen, das verlassen zu sein scheint von aller Welt.«

»Seien Sie ohne Furcht, Miss Vere!«, flüsterte Earnscliff. »Ich will Euch beschützen mit meinem Leben!« Dann drehte er sich zu Westburnflat herum: »Wie konntest du wagen, Schurke, Hand an diese Dame zu legen?«

»Darüber, Earnscliff«, versetzte der Räuber, »werde Rechenschaft abgelegt denen, die zu der Frage besseres Recht besitzen als Ihr! Wie aber gedenkt Ihr Euch zu verantworten dafür, dass Ihr herkommt mit bewaffneter Macht und sie dem Manne nehmt, dem ihre Verwandten sie anvertrauten? Indessen das ist Eure Sache! Kein einzelner Mann vermag gegen zwanzig einen Turm zu halten, und kein Mann kann mehr tun als er kann!«

»Er lügt«, rief Isabel, »denn er riss mich mit Gewalt von meinem Vater.«

»Weißt du, Mädchen, ob es ihm am Ende nicht darum zu tun war, diese Meinung bei dir zu wecken?«, fragte der Räuber. »Aber auch das ist meine Angelegenheit; mir soll es gleich sein, wie es sich darum verhält! Earnscliff, wollt Ihr mir die Dirne wiedergeben?«

»Dir Miss Vere wiedergeben, Kerl? Um keinen Preis!«, versetzte Earnscliff. »Beschützen will ich sie und sicheres Geleit will ich ihr geben an jeden Ort, wohin sie gelangen will.«

»So? Hm! Habt's mit ihr wohl schon abgesprochen?«, fragte höhnisch Willie von Westburnflat.

»Und Grace?«, unterbrach ihn Hobbie, sich von den Freunden losreißend, die ihm Vorhaltung machten wegen des unverletzlichen Geleits aus und nach dem Turme, das dem Räuber gelobt worden. »Wo ist Grace?«, und mit dem Schwert in der Faust stürmte er auf den Räuber ein.

Dieser wandte zufolge solcher Bedrängnis den Rücken und floh mit dem Rufe:

»Hobbie! Um all dessen willen, was Euch heilig ist, höret mich an!«

Des Räubers Mutter stand in Bereitschaft, das Gitter zu öffnen und wieder zu schließen. Aber Hobbie Elliot führte nach dem Räuber, als er das Gitter gewonnen hatte, einen so wuchtigen Streich, dass sein Schwert in die Schwelle des Tors einen mächtigen Spalt hieb, der noch heute am Turme von Westburnflat gezeigt wird als Kennmal der stärkern Kraft früherer Geschlechter. Ehe Hobbie zu neuem Streich ausholen konnte, war das Tor gesperrt und verriegelt, so dass er sich gezwungen sah, zu seinen Kameraden zurückzutreten, die sich jetzt anschickten, die Belagerung aufzuheben, und auf seiner Mitkehr nach Hause beharrten.

»Den Waffenstillstand, Hobbie, habt Ihr bereits gebrochen«, sprach der alte Dick vom Dingle, »und mehr törichte Streiche spielt Ihr uns schließlich noch, macht Euch womöglich gar zum Gespött des Landes, sofern wir Euch nicht bessere Fürsorge widmen. Wartet bis zur Zusammenkunft in Castleton, die Ihr dem Westburnflat zugestanden habt. Wenn er Euch dort nicht befriedigt, dann schreien wir nach seinem Herzblut. Aber mit Vernunft lasst uns zu Werke gehen und das Wort halten, das wir gegeben haben. Dann stehe ich dafür ein, dass Ihr Grace wiederbekommt und mit ihr die Kühe und was Euch weiter geraubt worden!«

Dieser kaltblütige Vorhalt wurde von dem unglücklichen Hobbie Elliot übel aufgenommen. Da er aber des Beistands der Nachbarn und Anverwandten nicht entbehren, ihn aber bloß auf die Bedingungen hin erlangen konnte, die von ihnen selbst gestellt worden waren, blieb ihm nichts andres übrig als sich zu fügen, den geschlossenen Vertrag zu halten und ein regelmäßiges Verfahren zu beobachten.

Earnscliff bat nun einige Mannen um Beistand, ihn mit Miss Vere zum Schloss ihres Vaters zu begleiten, da sie die feste Absicht ausgesprochen hatte, dorthin zurückzukehren. Ihrem Begehr wurde ohne Einspruch gewillfahrt, und ein halbes Dutzend junger Burschen erklärte sich zu dem Geleit bereit. Hobbie Elliot war nicht darunter. Wenig fehlte, so wäre ihm ob der traurigen Ereignisse, die ihm fast alle Hoffnung raubten, das Herz gebrochen. Tiefbetrübt schlug er den Heimweg ein, um zum Schutz und Unterhalt seiner Angehörigen nach Möglichkeit Maßregeln zu ergreifen, und weitere Schritte zur Wiedererlangung von Grace Armstrong mit Nachbarn und Verwandten zu beraten.

Die übrigen Mannen zerstreuten sich, sobald sie das Moor hinter sich hatten, nach verschiedenen Richtungen. Der Räuber und seine Mutter blickten ihnen vom Turm aus nach, bis sie ihren Blicken entschwunden waren.

10.

Verdrossen über die Kälte, mit der, seiner Ansicht nach, eine ihn so nahe angehende Sache von seiner Sippe behandelt wurde, hatte Hobbie Elliot sich von ihr getrennt und war jetzt auf einsamem Heimritt begriffen.

»Fahr' der Satan dir ins Gebein!«, brummte er, indem er sein müdes Tier, das kaum noch weiter konnte, mit den Sporen traktierte. »Du bist wie alle andern Geschöpfe! Gehegt und gepflegt hab ich dich und aufgefüttert mit eigener Hand, und jetzt willst du stolpern, da ich dich gerade am meisten brauche, und mir den Hals brechen? Aber lauf! Du bist wie die andern! Alle sind sie mir verwandt, durchweg Vettern, wenn auch zuweilen erst zehnten Grades, aber ich würde ihnen dienen Tag und Nacht und mit meinem besten Blute. Sie aber erweisen dem Räuber von Westburnflat mehr Rücksicht als ihrem eignen Fleisch und Blut! – Weh mir«, fuhr er fort, überwältigt von den ihm zuflutenden Erinnerungen, »jetzt sollte ich sie sehen, die Lichter in Heugh-foot! Wär' nicht die Urahn und wären die Schwestern nicht … und wär nicht« – nur ein wildes Schluchzen entrang sich der mannhaften

Kehle – »wär nicht die arme Grace, dann könnt' mich die Lust befallen, das Tier zu spornen und den Abhang hinunter ins Wasser zu springen, dass alles, alles ende!«

In solch untröstlicher Stimmung wandte er den Zügel seines Rosses der Hütte zu, in welcher die Urahn mit seinen Schwestern Zuflucht gefunden hatte.

Der Tür nahe, drang ihm Flüstern und Lachen der Schwestern entgegen.

»Der Satan ist unter dem Weibsvolk!«, sprach der arme Hobbie. »Wiehern würden sie, auch wenn ihr liebster Freund als Leiche daläge! Und doch wieder freut es mich, dass sie die Herzensfreudigkeit behielten, die armen, lieben, dummen Dinger! Sicher, sicher! Das Böse kommt ja über mich, nicht über sie!« Also mit sich im Gespräch, unterzog er sich der Arbeit, sein Pferd im Schuppen anzubinden. »Kannst dich heut mal ohne Gurt und Decke behelfen, Schlingel«, sprach er zu dem Tiere, »wir sind beide gleich herunter, armes Vieh, du und ich! Es wär' uns beiden besser, wir lägen im tiefsten Teiche von Tarras!«

Da kam die jüngste der Schwestern gesprungen und störte ihn aus seinem sich selbst feindlichen Grübeln. Mit gezwungener Stimme, gleichsam beflissen, eine Erregung, die in ihr stürmte, niederzukämpfen, rief sie ihm zu:

»Hobbie, Hobbie! Was treibst du Kurzweil mit deinem Gaul? Schon eine Stunde lang harrt jemand aus Cumberland deiner! O seit länger schon denn einer Stunde! Schnell, schnell ins Haus, Mann! Ich will dem Tier den Sattel abgürten!«

»Jemand aus Cumberland?«, schrie Elliot, der Schwester den Zaum zuwerfend und mit einem Sprung in der Hütte. »Wo ist er? Wo?«, rief er, schnell blickend nach allen Seiten, und, als er bloß Frauen sah, fragend: »Hat er Kunde gebracht von Grace?«

»Keinen Augenblick mehr möchte er warten, der Ungeduldige!«, meinte mit unterdrücktem Lachen die älteste Schwester.

»Still, ihr Mädchen!«, erwiderte die Urahn, sie zurechtweisend, aber mit so sichtlicher Frohlaune, dass der Verweis eher sich wie ein Sporn anhörte so fortzufahren. »So solltet ihr euren Bruder, den armen Hobbie, nicht peinigen! Sieh dich um, Hobbie, sieh dich um nach jemand, der heut Morgen nicht hier war, als du von uns schiedest.«

Mit Eifer blickte Hobbie sich um.

»Ihr seid da, Urahn«, sprach er, »und meine drei Schwestern!«

»Ei, hast du zählen verlernt?«, rief da lachend die jüngste, die jetzt hereintrat. »Ich zähl' unser vier!«

Im andern Augenblick hielt Hobbie Grace im Arm, die, in einen Mantel der Schwestern gehüllt, im ersten Moment nicht von ihm bemerkt worden war.

»Wie konntest du mir solches tun?«, fragte mit schmerzlichem Vorwurfe Hobbie.

»Nicht mich trifft die Schuld, Hobbie, nicht mich!«, erwiderte Grace, bemüht, mit den Händen sich das Gesicht zu verdecken und ihr Erröten zu verbergen, zugleich sich dem Sturm von herzlichen Küssen zu entziehen, durch die ihr Bräutigam ihre einfache List strafte. »Nicht mich, Hobbie! Jenny solltest du küssen und die andern, denn sie haben es so eingerichtet!«

»Das kann ich auch und tu ich gern!«, rief Hobbie überglücklich lachend und küsste die Schwestern und die Urahn wohl an die hundertmal, während alle im Übermaß ihrer Freude abwechselnd lachten und weinten. »Ich bin der glücklichste Mensch unter der Sonne!«, rief Hobbie und sank erschöpft in einen Stuhl. »Der glücklichste unter der Sonne!«

»Dann, mein Kind, Sohn meines Sohnes!«, sprach die fromme Urahn, die keine Gelegenheit vorbeigehen ließ, die das menschliche Herz zur Aufnahme der Lehren der Religion bereitete, zu Mahnung an Gott und sein Walten. »Dann singe und preise Ihn, der Weinen in Lachen und Gram in Freude wandelt, gleichwie er Licht schuf aus Finsternis und die Welt erstehen machte aus Nichts! Waren es nicht Worte aus meinem Munde, dass, wenn du sprechen wolltest: ›Dein Wille geschehe, Herr!‹, dir auch Ursach' werden würde zu rufen: ›Gepriesen, o Herr, sei dein Name!‹«

»So war es! Und also habt Ihr gesprochen, Urahn! Herrgott, dich preise ich«, rief Hobbie, übermannt von Glückseligkeit, »für deine Gnade! Dich preise ich, dass du mir eine Mutter ließest, als du mir die leibliche nahmst!«, und mit innigem Druck zog er die Hand der Greisin an sein Herz. Dann hob er die Hand auf: »Deiner, o Herr, will ich hinfort gedenken in Unglück und Glück!«

Eine feierliche Pause trat ein, geweiht der Übung frommer Andacht, dem Dankgebet eines in christlicher Demut lebenden Hauses zu Gott, dass Er ihm ein Glied wieder zugeführt hatte, das schon für verloren gehalten war.

Die ersten Fragen, die Hobbie nun stellte, richteten sich auf die Zeit, die Grace fern von ihnen gelebt, auf die Schicksale, die sie währenddes betroffen hatten. Sie wurden umständlich erzählt, waren aber in Kürze die Folgenden:

Durch den Lärm, den die einbrechenden Räuber verursachten, war sie geweckt worden, hatte sich flugs in die Kleider geworfen und war die Treppe hinunter geeilt. Hier sah sie Leute vom Gesinde im Kampf mit maskierten Männern, die des Gesindes schnell Herr wurden. Aber dem einen von ihnen wurde im Getümmel die Maske vom Gesicht gerissen; sie hatte Westburnflat erkannt; hatte ihn angerufen und um Gnade gefleht; er aber hatte ihr im Nu einen Knebel in den Mund geschoben, hatte sie aus dem Haus geschleppt und zu einem seiner Helfershelfer aufs Pferd geworfen.

»Den Hals hätt' er brechen müssen!«, rief Hobbie.

Von den Räubern, die das Vieh vor sich her trieben, erzählte Grace weiter, sei sie südwärts der Grenze zu geschleppt worden. Da sei ein Vetter Westburnflats zu ihnen herangesprengt und habe dem Räuber, der über den Trupp das Kommando geführt, die Meldung gebracht, sein Vetter habe aus sicherer Quelle gehört, der Raub werde üblen Ausgang für ihn nehmen, wenn er das Mädchen nicht ihren Verwandten wiederbringe. Es sei eine Zeit lang hin und her verhandelt worden. Dann habe der Truppführer sich einverstanden erklärt. Man habe sie auf ein andres Pferd gesetzt, ihr einen andern Begleiter gegeben. Dann sei es still und in höchster Hast nach Heugh-foot zurückgegangen auf einem der schwächstbesuchten Pfade, und ehe der Abend herniedergekommen, habe der Mann sie absteigen lassen und, erschreckt und abgespannt, sei sie nun inne geworden, dass sie sich kaum eine Viertelstunde von Heugh-foot befände.

Aufrichtige Glückwünsche kamen ihr nun von allen Seiten. Aber als die erste Freude sich gelegt hatte, fingen minder frohe Gedanken an sich einzustellen.

»Eine elende Unterkunft ist euch die Hütte«, sprach Hobbie, sich umsehend; »für mich selber ist ja schließlich wohl, wie schon manche Nacht auf den Bergen, Platz genug neben meinem Gaule. Aber wie ihr hier allesamt Unterkunft sollt finden können, ist mir unverständlich. Und, was für mich noch das Schlimmere ist, ich vermag es nicht zu ändern! Ja, es kann morgen und übermorgen kommen, bevor es sich ändern, bevor sich Besseres für euch schaffen lässt!«

»Feige war es und grausam«, rief eine der Schwestern, »eine ganze Familie solcher Weise zu plündern, dass ihr nichts bleibt als die kahlen Wände solch ärmlicher Hütte!«

»Und ihr weder Kalb noch Kuh, weder Lamm noch Mutterschaf zu lassen«, sprach der jüngste der Brüder, der jetzt hereinkam.

»Noch irgendwas, das Gras frisst oder Körner«, stimmte der andere ein. »Hätten sie im Zwist gelegen mit uns«, fuhr er fort, »so wären wir doch bereit gewesen, vor allen andern, ihn auszufechten! Bei Gott! Wären wir daheim gewesen, so hätte es Willie Graeme an einer Morgensuppe nicht fehlen sollen. Aber sie wird ihm doch noch eingebrockt, Hobbie! Nicht wahr!«

»Die Nachbarn haben einen Tag in Castleton anberaumt, sich mit ihm im Angesicht der Menschen zu vergleichen«, sprach Hobbie mit finsterer Miene; »sie bestanden drauf, dass verfahren werde auf solche Weise, sofern ich ihres Beistands versichert bleiben wolle.«

»Wir uns vergleichen mit ihm?«, riefen die Brüder wie aus einem Munde. »Und nach solchem Überfall und Raub, wie er im Lande seinesgleichen nicht gehabt seit den alten Kriegszeiten?«

»Recht habt ihr, Brüder, und auch mir kochte das Blut … aber – dass ich Grace wieder vor Augen habe, das gibt mir Ruhe!«

»Doch unsre Herden, Hobbie?«, hielt ihm John Elliot vor. »Wir sind völlig zugrunde gerichtet! Ich bin mit Harry ausgeritten, zu sammeln, was in der Nähe noch vorhanden sei: kaum eine Klaue mehr zu finden! Was wir anfangen sollen, das weiß Gott! Es wird uns allen nichts anderes bleiben, als in den Krieg zu ziehen, hat doch Westburnflat, wenn er selbst wollte, gar nicht die Mittel zum Ausgleich unsers Verlustes! Was für anderer Entschädigung sollen wir uns von ihm versehen als seine Knochen uns bieten? Außer dem elenden Klepper, den er reitet, und der durch das nächtliche Handwerk, dem sein Herr obliegt, an Kräften wahrlich nicht zunimmt, besitzt er doch an Vierfüßlern nichts! – Nein, Hobbie, wir sind völlig zugrunde gerichtet! Bis auf Stumpf und Stiel!«

Betrübten Auges blickte Hobbie auf Grace, die mit schwachem Seufzer antwortete.

»Seid nicht mutlos, Kinder!«, sprach die Urahn. »Noch haben wir Freunde, die sich von uns nicht abwenden werden im Unglück! Sir Thomas Kittleloof, ein Vetter von mir mütterlicherseits im dritten Grade, hat des Silbers viel erworben und ist zum Ritter und Baronet erhoben worden, weil er bei der Union der beiden Königreiche gute Dienste getan als Kommissär.«

»Der rettet uns mit keinem Heller vom Hungertod«, meinte Hobbie, »und sollte er es wollen, Urahn, so bliebe mir jeder Bissen Brot von seinem Gelde in der Kehle stecken bei dem Gedanken, dass es seinen Ursprung hat in dem Judasgroschen, um welchen Schottlands Krone und Unabhängigkeit an England verkauft worden!«

»Dann der Gutsherr von Dundee aus einem der ältesten Geschlechter in Tiviotdale?«

»Der sitzt im Schuldturm, Mutter, in Edinburgh, um tausend Mark willen, die er von Saunders Vyliecoat, dem Ratsschreiber, geliehen hat!«

»Der Ärmste!«, rief die Urahn. »Können nicht wir ihm was schicken, Hobbie?«

»Ihr vergesst, Mutter, dass wir vorerst uns selber helfen müssen!«, versetzte Hobbie nicht ohne Verdruss.

»Fürwahr! Das vergaß ich!«, rief die wackre Greisin. »Aber es ist doch nur natürlich, dass man früher als an sich an seine Blutsverwandtschaft denkt! … Der junge Earnscliff?«

»Der hat von seinem Eigentum nur wenig noch übrig! Wollten wir ihm in unserm Elend zur Last fallen, so wär's eine Schande für uns, für uns alle! Glaubt mir, Mutter, dass Ihr dasitzt und von Bekannten, Verwandten, Vettern sinnt, als läge in ihrem Namen ein Zauber geborgen, uns aus dem Elend zu helfen, ist nutzloses Beginnen! Die Vornehmen haben unser vergessen, und die uns gleich gestellt sind, haben selber kaum so viel, dass sie durchkommen. Auf Verwandte bauen, dass sie uns die Herden wieder ins Pachtgut schaffen, heißt schwächer denn auf Sand bauen!«

»Dann müssen wir bauen auf Ihn, Hobbie, der bewirken kann, dass Freunde und Vermögen, wie es im Worte heißt, aufsteigen aus nacktem Moore!«

Hobbie sprang auf.

»Fürwahr, Mutter«, rief er, »ich kenne jemand auf nacktem Moore, der uns helfen will und helfen kann. Des heutigen Tages Wechselfälle haben mir den Kopf verdreht. Auf dem Mucklestane-Moor ließ ich heut so viel Geld unangetastet, dass Haus und Hof in Heugh-foot doppelt gefüllt werden können, und Elshie, des bin ich überzeugt, wird uns nicht gram sein, wenn wir uns dieses Geldes bedienen, uns wieder aufzuhelfen.«

»Elshie?«, fragte die Urahn verwundert. »Was meint Ihr für einen Elshie?«

»Wen anders als Elshie, den Weisen vom Mucklestane-Moor!«

»Da sei Gott vor, Sohn meines Sohnes«, rief die Greisin feierlich und faltete die Hände, »dass du Wasser schöpfest aus zertrümmerten Zisternen oder Hilfe wirbst bei solchen, die mit dem Bösen verkehren! Niemals war Glück in ihren Gaben oder Gnade auf ihren Pfaden, und das ganze Land weiß, dass Elshie ein Mensch ist, dessen Leben nicht auf Erden wandelt! Herrschte jenes Gesetz bei uns im Lande, durch welches Königreiche blühen, läge unseres Landes Verwaltung in solch gerechter Hand, wie sie Bedingung ist für gleiches Maß von Recht und Unrecht: Dann würde seinesgleichen nicht leben dürfen! Zauberer und Hexen sind der Abscheu im Lande und das Unheil für das Land!«

»Fürwahr, Mutter!«, entgegnete Hobbie. »Ihr mögt sprechen was Ihr wollt. Meine Meinung ist und bleibt, dass Hexen und Kobolde nicht die Hälfte der Gewalt mehr haben als ehedem; zum Wenigsten bin ich überzeugt, dass, wer böse Pläne schmiedet gleich dem alten Ellieslaw, oder Böses verübt gleich dem verdammten Schuft von Westburnflat, ein weit größeres Unheil für ein Land ist und weit größern Abscheu verdient als ein ganzes Heer der tollsten Hexen, die je auf Besenstielen saßen oder den Zauber am Pfingstdienstag bewirkten! Bis mir Elshie Haus und Scheuer überm Kopf angesteckt hätte, hätten wir lange mit Ruhe warten können! Jetzt aber bin ich des festen Willens zuzusehn, ob er was tun will, mir Haus und Scheuer wieder aufbauen zu helfen!«

»Verzieh mit der Ausführung des Entschlusses, mein Sohn«, bat die Urahn, »und besinne dich, dass Wohltaten aus seiner Hand noch niemand Gedeihen brachten. Joch Howden starb, als das Laub fiel, an der nämlichen Krankheit, von welcher ihn Elshie zu heilen vorgab, und Lambsides Kühe kurierte er wohl, doch herrschte dann unter Lambsides Schafen die Klauenseuche ärger als je. Auch ist mir zu Ohren gekommen, dass er die menschliche Natur mit Worten schmähe, die eine Lästerung der göttlichen Vorsehung seien. Besinne dich deiner eignen Worte, als du ihn zum ersten Mal sahest: Er gleiche, sagtest du, einem Kobolde eher als einem Wesen voll menschlichen Lebens!«

»Haltet ein, Mutter«, erwiderte Hobbie, »solch schlechter Wicht ist Elshie nicht! Freilich sieht er gräulich genug aus für einen Krüppel und hat eine grobe Zunge; aber ein Wort, das wir von unsern Hunden im Lande sagen, ließe sich auch von ihm sagen: Solche, die viel bellen, die beißen nicht! Hätte ich bloß was zu essen, denn noch hat heute kein Bissen den Weg über meine Kehle gefunden, dann streckte ich mich ein paar Stunden neben mein Ross und ritte mit dem ersten Frühlicht zum Mucklestane-Moor herüber!«

»Warum nicht heut Nacht, Hobbie?«, fragte Harry Elliot. »Ich ritte mit!«

»Mein Pferd ist müde«, antwortete Hobbie.

»Dann nimm meins!«, sagte John.

»Ich bin auch selber müde!«

»Du und müde?«, rief Harry wieder. »Schäme dich! Ich hab dich doch vierundzwanzig Stunden hintereinander im Sattel gesehen, Hobbie, ohne dass dir die geringste Spur von Ermattung anzusehen war!«

»Die Nacht ist pechfinster«, versetzte Hobbie nach einem Blick durch das Fensterloch der Hütte; »und soll ich die Wahrheit reden, so möchte ich, dem Satan zu schaden, doch lieber das Tageslicht um mich haben, wenn ich zu Elshie reite, trotzdem er wirklich ein ehrlicher Kerl ist.«

Dies freimütige Bekenntnis machte den Auseinandersetzungen ein Ende. Hobbie stärkte sich, nach diesem Ausgleich zwischen des Bruders Hast und der Urahn fürsichtiger Weisheit, an solcher Speise, wie die Hütte sie bot, verabschiedete sich bei Urahn und Braut und Schwestern aufs Herzlichste und legte sich im Schuppen neben seinem treuen Ross aufs Stroh. Die Brüder suchten Unterschlupf für die Nacht in dem Stalle, der sonst der Kuh der alten Kindsmagd zum Aufenthalt gedient hatte. Die Frauen begaben sich in der Hütte zur Ruhe.

Mit dem ersten Frühlicht war Hobbie auf den Beinen, putzte und sattelte hurtig sein Pferd und galoppierte zum Mucklestane-Moor hinüber. Einen der Brüder mitzunehmen unterließ er, weil er der Ansicht war, dass, wer allein zu dem Zwerge komme, ihn am leichtesten versöhnlich stimmen könne.

»Ob er wohl aus seinem Felsenloch herausgeguckt hat, zu sehen, was aus dem Beutel voll Silber geworden? Ob er ihn aufgenommen hat?«, dachte er während des Rittes. »Nun, falls er's nicht getan, so ist das ein feiner Fund gewesen für den, den der Weg im rechten Augenblick vorbeiführte – und ich hätte dann den Kürzeren gezogen! ... Hopp, hopp, Tarras!«, rief er dem Pferde zu und drückte ihm die Sporen in die Flanken. »Hopp, hopp! Wir wollen, wenn irgend möglich, die Ersten auf dem Felde sein!«

Er ritt jetzt auf der Heide, die mählich von den Strahlen der aufgehenden Sonne erhellt wurde. Die sanft abfallende Böschung, die nach dem Moore hinunterführte, ließ ihn die steinerne Hütte des Klausnerzwergs schon aus beträchtlicher Ferne erkennen. Das Tor der Hütte tat sich auf, und Hobbie erblickte nun mit eignen Augen eine Erscheinung, von der er schon oft im Lande gehört hatte: Nicht eine, sondern eine Doppelgestalt trat aus der Hütte, die sich außerhalb derselben voneinander löste, so dass der Klausnerzwerg dastand und neben ihm eine schlankere Gestalt, die sich, wie wenn sie was aufhöbe, zur Erde bückte. Dann traten beide ein paar Schritte vorwärts. Dann blieben sie, wie im Gespräch begriffen, stehen. Als Hobbie dies Bild sah, wurde aller Aberglauben von Neuem in ihm wach. Dass der Zwerg seine Hütte einem menschlichen Gaste öffnen sollte, war ganz ebenso unwahrscheinlich, wie dass ihm ein Mensch freiwillig dort nächtlichen Besuch abstatten werde. Fest überzeugt, gesehen zu haben, wie der Zauberer mit seinem Famulus gesprochen habe, riss Hobbie sein Ross zurück und hielt den Atem an; er mochte weder beim einen noch beim andern dadurch Unwillen wecken, dass er sich vorschnell in ihre Unterredung mischte. Aber offenbar war seine Annäherung bemerkt worden, denn kaum hatte er gehalten, als auch der Zwerg in seine Hütte zurücktrat, während die schlankere Gestalt, die mit ihm herausgetreten war, um den Gartenzaun eilte und den Blicken des staunenden Hobbie zu entschwinden schien.

»Sah jemals solches ein Sterblicher?«, dachte Elliot bei sich. »Aber ich befinde mich in einem Falle verzweifelter Art, und wäre der Zwerg Beelzebub selber, so will ich mich doch die Böschung hinunter wagen!«

Aber alles Mutes ungeachtet, den er sich einsprach, ritt er doch nur langsam näher ... Auf einmal sah er, fast auf demselben Fleck, wo er die schlanke Figur bemerkt hatte, einen Gegenstand von geringem Umfang, rau von außen, etwa einem Dachse gleichend, unter dem langen Heidekraute.

»Dass der Zwerg einen Hund habe, davon hab ich doch nie was gehört«, dachte Hobbie bei sich, »wohl aber, dass er manchen Teufel bei der Hand habe! ... Verzeih mir Gott, dass ich solches denke! ...

Das Ding, gleichviel was es sei, halt fest an seinem Patze; ich glaube, es ist ein Dachs … Aber wer weiß, was für Gestalten alles die Kobolde annehmen, jemand zu erschrecken? Wer weiß, am Ende springt's auf wie ein Leu oder schnappt wie ein Krokodil, wenn ich herankomme? Ich will doch lieber erst mit einem Steine danach werfen, denn nimmt's andre Gestalt an, wenn ich mich nähere, dann hält schließlich Tarras nicht stand und sollt ich mit dem und dem Teufel zugleich zu schaffen bekommen, dann wäre es doch am Ende zu viel für mich!«

Vorsichtig warf er einen Stein nach dem Dinge.

»Etwas Lebendiges ist es nicht«, dachte er weiter bei sich, je näher er kam, »aber der große Geldbeutel, den der wunderliche Zwerg gestern aus dem Fenster warf, und den das andre seltsame Wesen mir noch ein Stück entgegengebracht hat.« Mit diesen Worten hob er eine schwere, ganz mit Gold gefüllte Geldkatze von der Erde auf. »Gott steh mir bei!«, rief er, zwischen Freude und Argwohn wankend. »So etwas anzufassen, das noch eben in jemands Klauen gesteckt hat, mit dem es nicht ganz geheuer ist, ist keine Kleinigkeit! Ich kann den Glauben nicht loswerden, dass hierbei Satansblendwerk im Schwange ist! Aber mich als ehrlicher Mann und guter Christ zu benehmen, komme was wolle, in diesem Entschlusse will ich mich nicht wankend machen lassen!«

Er trat zum Tore, klopfte wiederholt, ohne indes Antwort zu erhalten, und rief zuletzt durch den Spalt: »Elshie! Vater Elshie! Ihr seid zu Haus und wach! Ich weiß es, denn ich sah Euch vor der Tür, als ich die Höhe hinunter kam. Kommt doch heraus und vergönnt jemand, der Euch viel zu danken hat, ein paar Worte!« Als sich nichts in der Hütte rührte, richtete er sich auf, dass seine Stimme das Fenster erreichen musste, und rief weiter: »Elshie, alles ist wahr, was Ihr mir gesagt habt vom Westen, aber Westburnflat hat Grace sicher und unversehrt zurückgegeben, drum ist das Unglück schließlich nicht größer als sich ertragen lässt! … Wollt Ihr denn nicht vor die Tür treten, Elshie, oder mir wenigstens ein Zeichen geben, dass Ihr mir zuhört?« Er wartete eine Weile. »Nun denn«, fuhr er fort, »da Ihr mir nicht Antwort geben mögt, will ich mit meiner Erzählung fortfahren. Seht, Elshie, ich dachte, für zwei junge Leute, wie Grace und mich, sei's doch eine schlimme Sache, jahrelang mit der Heirat zu warten, wenn ich außer Landes ginge, um, was zur Gründung eines Hausstands vonnöten, zu erringen. Im Kriege darf ja, wie es heißt, so viel Beute nicht mehr gemacht werden wie ehedem, und sonderlich hoch ist der königliche Sold auch nicht! Viel sparen lässt sich davon schwerlich – dann kommt auch das Alter von meiner Urahn in Betracht, und meine Schwestern würden auch weinend um den Kamin herumhocken, wenn ich ihnen fehlen sollte – und dann könnte doch Earnscliff oder einer von den Nachbarn mal eine kräftige Hand gebrauchen können – vielleicht auch Ihr selber gar, Elshie – und schade wäre es auch, wenn in Heugh-foot die alte Heimstatt so ganz in Trümmern bleiben sollte – drum, Elshie, hab ich gemeint – Aber der Teufel soll mich holen«, rief er plötzlich, sich Einhalt gebietend, »wenn ich weiter rede und jemand um etwas angehe, der mir mit keinem Worte Bescheid tut, der mir nicht einmal sagen will, dass er mich hört oder anhört!«

»Redet was Ihr wollt und macht was Ihr wollt«, rief der Zwerg, aus dem Innern seiner Steinhause heraus, »aber schert Euch und lasst mich in Ruhe!«

»Schon gut, Vater Elshie!«, begann Elliot aufs Neue. »Ich will, da ich weiß, dass Ihr mich hört, die Sache so kurz machen wie möglich! – Ich bin's zufrieden, dass Ihr mir so viel Geld leihen wollt, wie ich brauche, mir in Heugh-foot wieder aufzuhelfen, denn ich darf sagen, dass das Geld in andern Händen kaum so sicher ruhen wird, wie in meinen. Denn wenn Ihr es so ins Moor werfen wollt, dass es sich jeder Schelm aufheben kann, setzt Ihr ja nicht bloß Euer Eigentum in Gefahr, sondern auch Euch selber! An bösen Nachbarn wird's schließlich auch Euch nicht fehlen, die durch Türen dringen und hinter Türen plündern. Nehmt doch bloß mich zum Exempel! – Da Ihr so freundlich seid, Euch unser anzunehmen, werden wir Euch einen Schuldschein ausstellen: Die Urahn soll ihn unterschreiben mit meinen Brüdern außer mir, in Form eines erblichen Pfandbriefs und den Zins werden wir halbjährlich an Euch zahlen; Saunders Wyliecoat mag den Schein ausfertigen, und die Gebühren bezahlen wir.«

»Lasst Euer Geschwätz und lasst mich ungeschoren!«, sagte der Zwerg. »Die vielen Worte über Eure Ehrlichkeit sind mir Ohrenplage! Schert Euch, sage ich! Auch Ihr gehört zu den zahmen Sklaven, deren Wort so gut ist wie die Unterschrift. Behaltet Geld und Zins so lange, bis ich es wieder fordere.«

»Aber, Vater Elshie«, beharrte der Grenzer in seiner Ehrlichkeit, »es ist ja bloß wegen Leben und Sterben! Darum ist's besser, solch Abkommen wird schwarz auf weiß gemacht. Aber ich sehe, dass mein Reden

Euch müde macht, und auch ich bin des Redens müde, das ohne Antwort bleibt. Drum will ich gehen. Aber ein Stück vom Hochzeitskuchen bring ich Euch herüber, vielleicht auch Grace, dass sie Euch sehe und danke. So hart Ihr auch sein mögt, Vater Elshie, Grace Armstrong zu sehen möchte auch Euch eine Freude sein – Gott«, unterbrach er sich, »war das ein klägliches Stöhnen! Elshie, Vater Elshie! Ihr fühlt Euch doch wohl! Jesus, was mag ihm angekommen sein! Von Grace Armstrong, Klausner, sprach ich; ob er den zweiten Namen überhört hat und gemeint hat, ich spräche von der göttlichen Gnade?[3] Aber sei es wie es sei! Gegen mich ist er ein gütiger Herr gewesen, so gütig, als wäre ich sein Sohn – aber einen Vater hätte ich, wär' dies der Fall, von absonderlichem Aussehen!«

Hobbie befreite nun seinen Wohltäter von seinen Reden und seiner Gegenwart und ritt fröhlich nach Hause, um seinen Schatz zu zeigen und um mit den Seinigen Rat zu halten, wie sich der Schaden am besten und schnellsten auswetzen ließe, den sein Vermögen durch den Überfall des rohen Banditen erlitten hatte.

11.

Es ist notwendig, in dem Verlauf unserer Erzählung um einige Tage zurückzugreifen, damit die Umstände dem Leser verständlich werden, durch welche Miss Isabel Vere in die Gefangenschaft im Turm von Westburnflat geriet, aus der sie durch Earnscliff und Elliot, ohne dass dieselben irgendwelche Kenntnis von ihrer Gegenwart und den Gründen derselben hatten, so unvermutet befreit wurde.

Am Morgen vor jener Nacht, in welcher Hobbie von Westburnflats Räuberschar heimgesucht wurde, ließ Ellieslaw, der alte Laird, seine Tochter Miss Isabel Vere zu einem Spaziergang in die Umgegend entbieten. Schweigend gehorchte das Mädchen; schweigend begleitete sie den Vater auf den rauen Pfaden, die dicht am Flussufer, oft über Klippen und Blöcke hinweg, führten. Ein einziger Diener bildete ihre Begleitung. Isabel erschien es kaum zweifelhaft, dass ihr Vater die

---

3   Das Wortspiel zwischen dem englischen Namen Grace und dem englischen Wort Grace für »Gnade« lässt sich im Deutschen nicht wiedergeben. Anm. d. Ü.

einsame Gegend gewählt habe zu dem Zweck, sich mit ihr über Sir Frederick ins Reine zu setzen, dessen Huldigungen sie nach wie vor ihre Ohren verschlossen hielt; sie hielt es im Gegenteil für so gut wie ausgemacht, dass er mit sich zurate ginge über die einfachsten Mittel und Wege, sie seinem Willen gefügig zu machen. Aber eine Zeit lang schien es, als seien ihre Befürchtungen unbegründet. Alle Worte ihres Vaters beschränkten sich auf die Schönheiten der Landschaft, die ihr Aussehen bei jedem Schritte änderte und sich fortwährend in anderem Lichte zeigte. Unter solchem Gespräch gleichgültiger Art gelangten sie in einen Wald hinein, dessen Baumbestand sich aus hohen Eichen, Birken, Eschen, Haselgesträuch und Stechpalmen nebst allerhand anderm Unterholz zusammensetzte. Die Zweige der Bäume schlossen sich zu einem Dache über dem engen Pfade, den sie durch dichtes Gestrüpp hindurch verfolgten. Auf einem freieren Platze blieb Ellieslaw stehen.

»Isabel«, nahm er das eine Zeit lang ausgesetzte Gespräch wieder auf, »weißt du, was mich hierher führt? Einen Altar der Freundschaft möchte ich hier errichten.«

»Der Freundschaft einen Altar?«, wiederholte das Mädchen. »Warum lieber an solch finsterem, entlegenem Orte als anderswo?«

»Die Örtlichkeitsfrage ist leicht klargestellt«, versetzte mit spöttischem Lächeln der Vater. »Soviel ich weiß, Isabel, bist du in alter Geschichte wohlbewandert. Mithin weißt du, dass die Römer sich nicht daran genügen ließen, jede Tugend, die sich benennen ließ, zu verkörpern, sondern sie noch in allerhand Nuancen zu verehren; so z. B. die Freundschaft, der ich, wie gesagt, hier einen Tempel errichten möchte: nicht jener Freundschaft unter Männern, welche Zweideutigkeit, List und Verstellung verachtet, sondern jener Freundschaft unter Weibsvolk, die in kaum etwas anderm als finsterm Betrug und kleinlicher Intrige und gegenseitigem Aufwiegeln besteht.«

»Ihr seid streng, Vater«, bemerkte Miss Vere.

»Streng weniger als gerecht«, versetzte der Vater, »ein Naturmaler dritter, vierter Güte, bloß mit dem Vorteil an der Hand, dass ich ein paar geschickte Modelle zu meinen Studien habe, dich und Lucy Ilderton.«

»War ich so unglücklich, Euch zu kränken, Vater, so kann ich doch mit gutem Gewissen Miss Ilderton als frei von jeglicher Schuld erklären.«

»So? Was du sagst«, spottete Herr Vere, »und wie kam es, dass du Sir Frederick letzthin durch deine spitze Zunge solche Kränkung antatest und mir so großen Anlass zu Verdruss gabst?«

»War ich so unglücklich, durch meine Aufführung Euer Missfallen zu ernten, so kann ich niemals tief genug bereuen, kann ich mich niemals ernst genug entschuldigen; Euch gegenüber, Vater, wohlverstanden; nicht aber kann und will ich das Gleiche gelten lassen Sir Frederick Langley gegenüber, weil ich ihm höhnischen Bescheid erteilte, als er mich auf rohe Weise bestürmte. Wenn er vergaß, dass er sich einer Dame gegenüber befand, so war es an der Zeit, ihm wenigstens zu verstehen zu geben, dass ich ein Weib bin und kein Stallknecht!«

»Behalte deine Spitzfindigkeiten für solche, Isabel, die denselben ihr Ohr leihen!«, beschied sie ihr Vater mit Kälte. »Was mich anbetrifft, so bin ich solcher Sache müde und mag Worte darüber nicht länger mehr aus deinem Munde hören.«

»Das lohne Euch Gott, Vater!«, sprach Isabel, indem sie seine widerstrebende Hand ergriff. »Den Befehl ausgenommen, mich diesem Menschen zu fügen, wird mich kein Wort aus Eurem Munde als Härte oder als unerfüllbar bedünken!«

»Sehr gütig, meine Tochter, dass es dir endlich belieben will, gehorsam zu sein!«, sprach Laird Ellieslaw stolz und entwand sich dem liebevollen Druck ihrer Hand. »Indessen will ich hinfort jeglicher Mühe enthoben sein, dir in irgendwelchem Falle unliebsamen Rat zu erteilen. Ich wünsche vielmehr, dass du hinfort für dich selber sorgest!«

In diesem Augenblick brachen vier maskierte Männer durch das Unterholz. Laird Ellieslaw und sein Knappe zogen die Hirschfänger, die sie damaligem Brauche gemäß trugen, und suchten sich und Miss Isabel zu schützen. Aber während auf jeden von ihnen einer der Feinde kam, blieben zwei andern derselben die Hände frei, und im Nu war die Dame im Gestrüpp verschwunden, auf ein Pferd gehoben und über Tal und Hügel, durch Heide und Moor unterwegs nach Westburnflat zum Turme. Dort wurde sie unter Obhut der Greisin gestellt, deren Sohn über diesen einsamen Wohnsitz gebot. Weder durch Bitten noch durch Drohungen hatte die junge Dame Bescheid über den Zweck ihrer Entführung und Einsperrung erlangen können. Aber Earnscliffs Erscheinen mit seinen Mannen setzte den Räuber in Schrecken. Da er schon Sorge dafür getragen, Grace Armstrong ihren Verwandten wieder auszufolgen, war er nicht auf den Gedanken gekommen, dass Earnscliffs unwillkommener Besuch ihr gelte, umsoweniger als ihm nicht unbekannt war, dass dieser für Miss Vere schwärmte.

Als die mit dem Laird und seinem Knappen im Kampf befindlichen maskierten Männer das Stampfen der fliehenden Rosse hörten, brachen sie auf der Stelle den Kampf ab und wandten sich zur Flucht. Der Laird lag am Boden, am Fuß einer Birke. Dort fand ihn seine Knappe, nicht allein am Leben, sondern auch unverwundet. Ein heftiger Streich seines Gegners hatte ihn dorthin gestreckt. Seine Verzweiflung über das Verschwinden seines Kindes kannte keine Grenzen. Er selber jedoch war durch den Kampf so erschöpft, dass er geraume Zeit brauchte, bis er seinen Wohnsitz erreicht hatte und seine Mannen auf Verfolgung ausschicken konnte.

»Kein Wort, Sir Frederick«, sprach er zu dem Freunde, den er als Schwiegersohn in Aussicht genommen, »kein Wort – Ihr wisst nicht, was es heißt, Vater zu sein! Sie war mein Kind, mein einziges, wenn auch, wie ich mit Schmerzen besorge, undankbares Kind! Wo ist Miss Ilderton? Sie muss um den Überfall wissen! Es deckt sich mit dem, was ich von ihren Plänen weiß. Geh, Dickson, und rufe mir Ratcliffe! Er soll ohne Zögern kommen!«

Der Genannte war eben in das Zimmer getreten. Flugs schlug Herr Vere einen andern Ton an.

»Ich lasse Herrn Ratcliffe, hörst du, Dickson, ersuchen, sich auf der Stelle zu mir zu bemühen, es handle sich um eine Angelegenheit von unaufschieblicher Natur ... Ach, Sir Ratcliffe! Lieber, teurer Herr!«, rief er, als bemerke er ihn erst jetzt. »Euren Rat kann ich in diesem schrecklichen Augenblicke nicht missen!«

»Was hat Sie so außer Fassung gebracht, Sir Vere?«, fragte mit ernster Miene Sir Ratcliffe; und während der Laird von Ellieslaw ihn unter Gebärden des Grams und Unwillens von dem Überfall im Walde unterrichtete, wollen wir den Leser in Kürze über das Verhältnis unterrichten, in welchem die beiden Männer zueinander standen.

Der Laird Vere von Ellieslaw war in seiner Jugend durch verschwenderisches Leben in üblem Rufe gewesen. Im vorgerückten Alter hatte er dasselbe mit finsterm Ehrgeiz vertauscht. Beiden Leidenschaften hatte er gefrönt ohne irgendwelche Rücksicht auf seinen Vermögensstand, während er sonst für einen höchst geizigen Herrn galt. Zufolge solcher ständigen Ausgaben für unproduktive Dinge war es kein

Wunder, dass er in Vermögensverfall geriet. Die Folge hiervon war, dass er Schottland mit England vertauschte. Jahrelang blieb er von seinem Familiensitz abwesend. Wie es hieß, hatte er in England eine Geldheirat geschlossen. Völlig unerwartet kehrte er nach Schottland zurück, als Witwer, mit einer Tochter im Alter von etwa zehn Jahren.

Von dieser Zeit an war sein Leben, nach Ansicht der schlichten Gebirgsbewohner seiner Heimat, im höchsten Maße verschwenderisch. Niemand glaubte anders, als dass er tief in Schulden stecken müsse. Nichtsdestoweniger setzte er sein Leben in gleich verschwenderischer Weise fort, bis durch das Auftreten Sir Ratcliffes und seinen Aufenthalt im Schlosse Ellieslaw kurz vor dem Beginn unserer Erzählung die Gerüchte über den schlechten Vermögensstand des alten Laird greifbare Gestalt gewannen. Vom ersten Tage an nahm es den Anschein, als übe Sir Ratcliffe, freilich nicht zur besonderen Freude des alten Schlossherrn, auf die Vermögensverhältnisse wie auch auf alle Privatangelegenheiten einen stillen, aber nachhaltigen Einfluss.

Sir Ratcliffe war ein ernster, gesetzter Mann in vorgerücktem Alter. Wer sich über Geschäftssachen mit ihm unterhielt, gewann den Eindruck, als habe er es mit einem äußerst gewandten Manne zu tun. Mit andern als Geschäftsleuten pflegte er geringen Verkehr. Kam aber die Rede zufällig auf andre Dinge, so zeigte er sich nicht minder als ein Mann von Umgang und Bildung. Längere Zeit schon vor seiner Übersiedlung ins Schloss hatte er in bald längeren bald kürzeren Pausen Besuche bei dem alten Laird abgestattet und war von demselben immer, im Gegensatz zu den sonstigen Gepflogenheiten des Schlossherrn Leuten geringeren Ranges gegenüber, nie anders als mit Aufmerksamkeit und Achtung begrüßt und behandelt worden. Bloß schien es, als wenn ihn der Schlossherr trotz allem lieber gehen als kommen sähe. Nichts schien denselben auch mehr zu verdrießen als Anspielungen auf sein scheinbar abhängiges Verhältnis von diesem Mitbewohner seines Schlosses, der seit seiner Übersiedlung in dasselbe in allen Angelegenheiten nicht bloß zurate gezogen wurde, sondern das entscheidende Wort sprechen durfte.

Dies war der Mann, der in dem Augenblicke in das Zimmer trat, als ihn der alte Laird durch Dickson, seinen Knappen, zu sich entbieten lassen wollte und dem jetzt das seltsame Abenteuer von Isabellas Entführung erzählt wurde, mit einer Hast, die ihm dasselbe bloß umso seltsamer erscheinen lassen musste. Kein Wunder, dass er mit auffälligen Zeichen von Unglauben zuhörte.

Der alte Laird schloss seinen Bericht mit einer Aufforderung, ihm in solcher Notlage mit allem Beistand und Rat als Standesgenossen und Landsmann zu helfen.

»Satteln wir unsre Rosse! Bieten wir unsere Knappen und Reisigen auf und veranstalten wir Streifen durch das Land nach den Schurken«, rief Sir Frederick.

»Habt Ihr auf niemand Verdacht«, fragte Ratcliffe, »Beweggründe zu solch verbrecherischem Tun zu haben? In der Zeit der Romantik leben wir nicht mehr. Bloß ihrer Schönheit wegen werden junge Damen heut nicht mehr geraubt.«

»Leset hier dieses Schreiben«, sprach Sir Vere, »das mir, wie ich besorge, die Untat zu erklären scheint. Es stammt von Miss Lucy Ilderton und ist an den jungen Earnscliff gerichtet, den ich laut ererbtem Recht als Freund und Kameraden betrachten darf und betrachte. Sie schreibt ihm, wie Ihr seht, vom Standpunkt als Freundin und Vertraute meiner Tochter, erklärt ihm, dass sie seiner Sache sich sehr annehme, weist aber auf einen guten Freund in einer Garnison hin, der ihm noch wirksamer dienen könne. Hauptsächlich, lieber Ratcliffe, möchte ich hinweisen auf die mit Bleistift eingefügten Stellen, in denen durch diese Intrigantin mit richtiger Unverfrorenheit auf kühne Maßregeln hingewiesen wird, die über den Grenzen der Baronie Ellieslaw unzweifelhaft von Erfolg gekrönt sein dürften.«

»Und aus diesem Briefe stark romantischen Anstrichs, verfasst von einer ohne Frage stark romantisch angehauchten jungen Dame, Herr Vere, wollen Sie den Schluss ziehen«, fragte Sir Ratcliffe, »dass Earnscliff Ihre Tochter entführt habe? Dass Earnscliff ohne jedweden anderen Rückhalt und Rat als solchen von Miss Lucy Ilderton, sich solcher verbrecherischen Gewalttat schuldig gemacht habe?«

»Was kann ich mir sonst für Gründe denken?«, versetzte Ellieslaw.

»Was könnt Ihr Euch sonst für Gründe denken?«, fragte Sir Frederick Langley Sir Ratcliffe.

»Wäre dieses der einfachste Weg, jemand die Schuld zuzuschieben«, erwiderte mit Ruhe Sir Ratcliffe, »so ließen sich wohl leicht noch andere Leute finden, deren Charakter auf solche Gewalttat weit eher noch schließen ließe, und denen es an ausreichenden Beweggründen dazu wohl auch nicht fehlen dürfte. Angenommen, es würde für ratsam erachtet, Miss Vere an einen Ort zu bringen, wo man besser in der Lage sei, bis zu einem gewissen Grade die Richtung ihrer Neigungen zu beeinflussen, auf sie ungezwungener als hier im Schloss Ellieslaw einen gewissen Druck auszuüben? … Was möchte Sir Frederick Langley zu solcher Auffassung der Situation meinen?«

»Meine Meinung zu solcher Auffassung der Lage wünschen Sie zu hören?«, fragte spitz Sir Frederick. »Nun, sie lautet, Sir Ratcliffe: Wenn es auch Sir Vere für geraten ansehen mag, sich durch Sie mancherlei bieten zu lassen, was mit seinem Rang und seiner Stellung im Leben nicht völlig im Einklang stehen dürfte, so werde ich mir doch Gleiches weder in Winken oder Blicken, noch auch nur in Andeutungen unter keinen Umständen bieten lassen!«

»Und wenn Ihr meine Meinung hören wollt«, mischte sich der junge Mareschal auf Mareschal-Wells, auch ein Gast im Schlosse, in die Unterhaltung, »so lasst Euch sagen, dass Ihr alle miteinander von der Tarantel gestochen sein müsst, um hier zu hadern, statt hinter den Strolchen herzusetzen.«

»Ich habe bereits Befehl erteilt«, nahm Sir Vere das Wort, »dass meine Diener sich auf die Verfolgung begeben und zwar in der Richtung, in welcher die Räuber wahrscheinlich geflohen sind … Wollt Ihr uns begleiten und helfen, Mareschal?«

Alle Anwesenden schlossen sich dem Laird an, dessen Bemühungen aber ergebnislos verliefen, da sie in der Richtung nach Earnscliff-Tower zu, in dessen Eigentümer Sir Vere den Entführer vermutete, unternommen wurden, statt in der entgegengesetzten, wo derselbe zu suchen gewesen wäre.

Abends kehrte die Gesellschaft mutlos und müde zurück. Unterdes waren andere Gäste im Schloss eingetroffen, und Diskussionen über die politische Lage, in welcher stündlich umwälzende Änderungen zu erwarten waren, drängten die Angelegenheit, die nur den Vater und nicht den Patrioten anging, in den Hintergrund.

Manche der Herren, die an der nun stattfindenden Beratung teilnahmen, waren Katholiken, durch die Bank aber waren es Männer streng jakobitischer Richtung, deren Hoffnungen zur Zeit an Zuversicht gewannen, seit zugunsten des Prätendenten täglich von Frankreich aus ein feindlicher Einfall erwartet wurde, für den die Chancen insofern nicht ungünstig standen, als Schottland von Garnisonen ziemlich entblößt war, so gut wie keine festen Plätze hatte und in seiner Bevölkerung sehr viel Elemente barg, die solchem Einfall weit mehr freundlich als feindlich gesinnt waren.

Ratcliffe suchte zu diesen Verhandlungen weder Anschluss, noch erhielt er Aufforderung zur Teilnahme daran, und hatte sich auf sein Zimmer zurückgezogen.

Während Miss Lucy Ilderton tags darauf auf ihre väterliche Besitzung zurückgebracht wurde, gewann im Schlosse Ellieslaw die Verwunderung darüber, dass man sich mit der Abwesenheit der Tochter vom Hause so leicht und schnell abzufinden wusste, immer weiteren Boden.

12.

»Auffallend ist und bleibt es«, meinte am andern Tage, nachdem eine abermalige Streife, aber mit der gleichen Ergebnislosigkeit, unternommen worden, Sir Mareschal zu Sir Ratcliffe, »dass vier Reitersleute mit einer Dame durch das Land gejagt sein sollten, ohne irgendwelche Spur hinter sich zu lassen. Fast möchte man meinen, sie hätten ihren Weg durch die Lüfte oder unter der Erde genommen.«

»Es lässt sich zuweilen Kenntnis von einer Sache gewinnen«, meinte Ratcliffe, »indem man sich um Dinge kümmert, die abseits vom großen Wege liegen. Mich bedünkt in unserm Falle, als hätten wir wohl alle Landstraßen, Reit- und Fußwege, die zum Schlosse führen, nach allen Windrichtungen abgesucht, bloß nicht den unzugänglichen, schwierigen Pass, der in südlicher Richtung nach Westburnflat durch das Moor führt.«

»Und warum nicht?«

»Diese Frage müssen Sie an Sir Vere richten«, versetzte trocken Sir Ratcliffe.

»Das soll auf der Stelle geschehen!«, versetzte Mareschal und wandte sich zu Sir Vere mit den Worten: »Laird Ellieslaw! Einen Pfad sollen wir noch nicht abgesucht haben, wird mir eben gesagt: den, der in südlicher Richtung nach Westburnflat hinüberführt!«

»Oh, den Turmherrn von Westburnflat«, rief Sir Frederick, »kennen wir gut: Einen wilden Patron, der zwischen Nachbarsgut und eignem Gut nur wenig Unterschied kennt, sonst aber verlässlicher Art ist und sich an nichts vergreifen wird, was dem Laird Ellieslaw gehört.«

»Zudem hatte er«, deutete Ellieslaw mit verstecktem Lächeln an, »in letztverwichener Nacht andern Flachs auf seinem Spinnrocken. Habt Ihr nicht vernommen, dass dem Hobbie Elliot der Hahn aufs Dach gesetzt und alles Vieh aus dem Stall getrieben worden, weil er sich geweigert hat, ein paar ehrlichen Mannen, die für den König in Aufstand treten wollten, die Waffen auszuliefern?«

Die Herren zeigten eine Miene, als hörten sie von einer eignen Absichten günstigen Unternehmung.

»Darum grade meine ich«, begann Mareschal aufs Neue, »dass wir nach dieser Richtung hin nicht müßig bleiben dürfen, wollen wir nicht Gefahr laufen, einer Nachlässigkeit wegen Tadel zu ernten.«

Gegen solchen Vorschlag ließ sich nichts einwenden, und die Herren wandten ihre Rosse nach der Richtung, in welcher der Turm von Westburnflat lag. Noch waren sie nicht weit geritten, als der Schall von Hufen an ihre Ohren drang und ein Reitertrupp in Sicht kam.

»Dort kommt Earnscliff geritten«, rief Mareschal, »ich erkenne sein Ross an dem Stern auf der Stirn.«

»Und meine Tochter ist bei ihm!«, rief Ellieslaw ergrimmt. »Wer wird mich jetzt noch falschen oder kränkenden Verdachts zeihen wollen? Ihr Herren! Freunde! Leiht mir Eures Degens Beistand, auf dass ich mein Kind wiedererlange!«

Er zog den Degen. Sir Frederick und andre folgten dem Beispiel und trafen Anstalt zum Angriff auf die heranreitende Schar; der größere Teil aber zeigte Bedenken.

»Die Herren kommen heran in Vertrauen und Frieden«, sprach Mareschal Wells. »Hören wir also zuvörderst, was sie von dem seltsamen Vorfall zu berichten haben. Sofern Miss Vere bekundet, dass sie durch Earnscliff irgendwelche Kränkung, sei es auch nur mit Worten, erleiden musste, so bin ich der erste, der seinen Degen zieht, solchen Frevel zu ahnden. Hören wir aber erst, was sie melden.«

»Ihr tut mir unrecht, in meinen Verdacht Zweifel zu setzen, Sir Mareschal!«, rief Laird Ellieslaw. »Von Euch hätte ich solches zuletzt erwartet!«

»Durch Eure Heftigkeit, Ellieslaw«, versetzte Mareschal, »schadet Ihr Euch selber, wenn man auch Entschuldigung dafür bei solchem Falle gern gelten lassen kann.« Dann ritt er den übrigen voraus und rief mit lauter Stimme: »Gebietet Euren Mannen Halt, Earnscliff, und kommt allein mit Miss Vere zu uns heran! Man zeiht Euch des Verbrechens, die Dame aus ihres Vaters Haus entfernt zu haben! Wir stehen hier in Waffen und in Bereitschaft, unser Blut zu vergießen, erfüllt von der Absicht, sie dem Vater zurückzuführen und jeden, der sich solchen Verbrechens schuldig gemacht, der Gerechtigkeit in die Hände zu liefern.«

»Und wen könntet Ihr williger hierzu finden, Herr Mareschal, als mich?«, erwiderte mit stolzem Selbstbewusstsein Earnscliff. »Ward mir doch heut Morgen die Ehre und Freude, sie aus dem Gefängnis, in welchem ich sie eingesperrt fand, zu befreien, und seht Ihr mich doch auf dem Ritt nach Schloss Ellieslaw begriffen, der Dame ritterliches Geleit dorthin zu geben?«

»Verhält es sich also, Miss Vere?«, fragte Mareschal.

»So verhält es sich, und nicht anders!«, rief Miss Vere lebhaft. »Ihr Herren, ich schwöre bei allem, was heilig ist, dass rohe Gesellen, mir unbekannt von Person, mich geraubt und entführt haben und dass ich meine Befreiung allein der Dazwischenkunft dieses edlen Herrn hier zu danken habe.«

»Wer können diese Gesellen sein? Und welche Absicht kann sie geleitet haben?«, fragte Mareschal. »Hattet Ihr keine Kenntnis von dem Orte, wohin Ihr gebracht wurdet? Earnscliff! Wo fandet Ihr die Dame?«

Bevor jedoch durch Earnscliff oder Miss Vere Auskunft hierauf gegeben wurde, sprengte Ellieslaw heran und schnitt das Gespräch ab, indem er den Degen in die Scheide schob.

»Sobald ich die Höhe der Schuld kenne«, sprach er, »in der ich bei Earnscliff stehe, werde ich mit dem Ausgleich nicht säumen. Einstweilen Dank für seinen Dienst!«

Mit diesen Worten griff er nach dem Zaum von Miss Veres Ross und schlug den Rückweg mit ihr nach seinem Schlosse ein, alsbald vertieft in so ernstes Zwiegespräch, dass die übrigen es für ungeziemend erachteten, sich störend einzumischen. Seinem finstern Blick begegnete Earnscliff mit Stolz und unterließ es nicht, bevor er sich verabschiedete, mit lauter Stimme die folgenden Worte an die Begleiter des Lairds zu richten:

»Wenn ich mir auch keinerlei Umstands in meinem Verhalten bewusst bin, der zu irgendwelchem Verdacht einen Schimmer von Recht geben könnte, so meine ich doch hier sagen zu sollen, dass Sir Vere sich in dem Glauben zu befinden scheint, auf mich fiele ein gewisser Anteil an der gegen seine Tochter verübten gemeinen Gewalttat. Ich bitte Euch, Ihr Herren, meine feste und bestimmte Zurückweisung solcher unehrenvollen Beschuldigung gelten zu lassen. Dem erregten Gefühl eines Vaters lässt sich in solchem Fall wohl verzeihen. Sollte aber irgendwer anders« – mit scharfem Seitenblick auf Sir Frederick Langley – »das von mir gegebene und von Miss Vere bestätigte Wort, dem auch das Zeugnis aller mich begleitenden Freunde zur Seite steht, als nicht ausreichend zu meiner Rechtfertigung betrachten, dann werde ich nicht säumen, solche Bemängelung so zurückzuweisen, wie es einem Mann, der seine Ehre höher einschätzt als sein Leben, zukommt.«

»Und ich will ihm zur Seite stehen«, rief Simon von Hackburn, »und es paarweis mit Euch aufnehmen, gleichviel ob Edelmann oder Bauer, Gutsherr oder Pächter – auf solche Unterschiede pfeife ich!«

»Wer ist der grobe Flegel?«, fragte Sir Frederick Langley. »Und was hat er sich in edelmännischen Zwist zu mischen?«

»Ich bin ein Bursch vom obern Teviot«, beschied ihn Simon, »der mit jedermann Händel suchen darf nach freiem Belieben, bloß nicht mit seinem König und seinem Gutsherrn!«

»Still«, rief Mareschal, »keinen Zank und Streit! Herr Earnscliff, wenn wir auch nicht in allen Dingen gleicher Anschauung sind, so hoffe ich doch, dass wir, falls es das Schicksal fügen sollte, auch als Feinde einander gegenüber stehen können, ohne dass wir die Achtung vor Geburt und Person und ehrlichem Tun außer Augen setzen. Ich halte Euch in dem vorliegenden Falle für ganz ebenso schuldlos wie mich selber, und ich verbürge mein Wort, dass mein Vetter Ellieslaw, sobald die Verstörtheit ob dieser jähen Ereignisse von seinem Geiste gewichen ist und er wieder freier Herr seines Urteils ist, dem wichtigen Dienste, den Ihr ihm heute geleistet, die gebührliche Anerkennung nicht versagen wird.«

»Der Dienst, den ich Eurer Base erwies, trägt seinen Lohn in sich selber!«, erwiderte Earnscliff. »Gute Nacht, Ihr Herren! Ich sehe, die meisten von Eurer Gesellschaft sind schon nach Ellieslaw unterwegs!«

Nach artigem Gruße für Mareschal und gleichgültigem für die übrigen wandte Earnscliff sein Pferd und ritt nach Heugh-foot, um dort mit Hobbie Elliot sich über Maßnahmen zu verständigen, die ihm die gestohlene Braut wiederzuschaffen vermöchten, wusste er doch nicht, dass dieselbe ihren Verwandten bereits zurückerstattet worden war.

»Da reitet er hin!«, sagte Mareschal. »Fürwahr, ein schöner, tapferer Jüngling und dennoch stünd ich ihm gern auf grünem Rasen mit blanker Waffe gegenüber! Auf der Schule galt ich ihm ebenbürtig im Fechtrappier. Aber gern versuchte ich mich an ihm mit scharfer Klinge!«

»Meinem Dafürhalten nach«, äußerte Sir Frederick Langley, »taten wir unklug, ihn mit seinen Leuten ziehen zu lassen, ohne sie zu entwaffnen. Die Whigpartei wird sich ganz gewiss unter solch mutigem Jungbursch sammeln!«

»Pfui doch, Sir Frederick!«, rief Mareschal. »Meint Ihr, es hätte sich mit Landesehre vertragen, wenn Ellieslaw Einwilligung zu Gewalttat gegen Earnscliff, der sein Gebiet bloß betrat, um ihm die Tochter wiederzubringen, hätte geben wollen? Und meint Ihr, ich mit den übrigen Herren hätte, falls er gleicher Meinung gewesen wäre wie Ihr, Ja zu solch schimpflichem Tun gesagt? Nein! Ehrlich Spiel und Alt-Schottland allzeit! Ist das Schwert aus der Scheide, dann will ich es führen, wie Recht und Ehre es fordern; solange es aber noch in der Scheide steckt, wollen wir gelten und uns benehmen als Männer von Schliff und als gute Nachbarn!«

Bald nach dieser Zwiesprach befanden sie sich im Schlosse. Dort begegnete ihnen Ellieslaw, der um einige Minuten früher angelangt war.

»Wie geht es Miss Vere? Und habt Ihr erfahren, wie es um ihre Entführung sich verhält?«, rief ihm Mareschal mit Hast entgegen.

»Isabel hat sich zurückgezogen. Sie ist zu sehr angegriffen. Ich kann kaum früher Aufklärung von ihr erhoffen, als bis sie sich erholt haben wird«, antwortete der Vater. »Euch jedoch, Mareschal, und auch den andern Freunden bin sowohl ich als mein Kind für die eifrige Teilnahme zu Dank eng verbunden. Indessen muss ich jetzt mein Vatergefühl auf einige Zeit in den Hintergrund drängen, weil die Pflicht als Patriot mich ruft. Ihr wisst, dass der heutige Tag zur endlichen Beschlussfassung festgesetzt wurde. Die Zeit drängt; unsre Freunde nahen sich, und mein Haus steht zur Zeit nicht bloß uns Herren von Stand, sondern auch dem geringeren Spornleder offen, dessen wir unmöglich entraten können. Zu Empfangszurüstungen ist deshalb kaum Zeit. Seht diese Listen hier flink durch, Mareschal! Und Ihr, Sir Frederick, überfliegt mal dies Schreiben aus Lothian und dem Westen. Es ist alles reif für die Sichel, und bloß die Schnitter sind noch aufzubieten.«

»Bravo!«, rief Mareschal. »Je mehr Unheil, um desto besser der Krieg!«

Sir Fredericks Züge zeigten einen ernsten, verstörten Ausdruck.

»Tretet mit mir beiseite, Freund«, sagte Ellieslaw zu dem finstern Baronet, »ich habe geheime Kunde für Euch, mit der Ihr gewiss zufrieden sein werdet.«

Sie traten zusammen ins Schloss hinein, Ratcliffe mit Mareschal im Hofe zurücklassend. »Die Herren, die Eure politische Meinung teilen, halten also den Sturz der bestehenden Regierung als so fest und bestimmt, dass sie für ihre Intrigen alle manierliche Hülle verschmähen?«, fragte Sir Ratcliffe.

»Der Verhüllung, Sir Ratcliffe«, erwiderte Mareschal, »bedürfen vielleicht Eurer Freunde Gedanken und Handlungen; mir aber gefällt es besser, wenn sich die unsrigen mit offnem Antlitz zeigen.«

»Ist es denn möglich«, nahm Ratcliffe wieder das Wort, »dass ein Mann wie Ihr, dem doch neben Charakterschwächen, wie Unbedacht und Heißblütigkeit – verzeiht mir, bitte, Sir Mareschal, ich bin ein schlichter Mann – gesunder Menschenverstand und Bildung nicht abzusprechen sind, sich betören lässt zum Beitritt zu solch verzweifelter Unternehmung? Was fühlt wohl, wenn Ihr an solch gefährlicher Zusammenkunft teilnehmt, Euer Kopf?«

»So sicher auf den Schultern, als spräche ich von Jagd und Falken, fühlt er sich freilich nicht!«, versetzte Mareschal. »Solch gleichgültigen Sinnes wie Ellieslaw, mein Vetter, der von Hochverrat spricht wie von einem Wiegenliede für Säuglinge, und der das süße Mädchen, seine Tochter, leichter verliert und wiederfindet, als mir es gehen möchte mit einem Jagdhund, bin ich nun freilich nicht; mein Temperament ist nicht eisern und mein Hass gegen die Regierung nicht so eingewurzelt, dass mir für die Gefahren, die solches Beginnen birgt, der Blick verloren ginge.«

»Weshalb lasst Ihr Euch denn in solch Beginnen ein?«, fragte Ratcliffe.

»Nun, mir liegt der arme verbannte König am Herzen! Mein Vater war Royalist vom Scheitel bis zur Sohle, und ich gönne dem speichelleckerischen Höflingsgesindel, das uns die Union über den Hals gebracht und unser armes Schottland verraten und verkauft und um Krone und Unabhängigkeit gebracht hat, von Herzen gern eine derbe Lektion!«

»Euer Vaterland wollt Ihr also um solcher Schemen willen in kriegerische, Euch selbst in seelische Bedrängnis bringen?«, fragte mahnend Sir Ratcliffe.

»Bedrängnis für Bedrängnis! Zahn um Zahn!«, rief Mareschal. »Und lieber wäre es mir, der Krawall bräche morgen aus statt erst in vier Wochen. Denn kommen wird er! Und je früher, um desto jünger und besser bei Kräften sind alle, die dabei sind! Was aber den Strick anbetrifft, Ratcliffe, nun, so kann ich, um mit Falstaff zu reden, dem Galgen ganz ebenso viel Ehre machen, wie jeder andre!«

»Herr Mareschal! Ihr tut mir leid!«, sprach sein bedächtiger Ratgeber.

»Herr Ratcliffe«, erwiderte der andere, »ich bin Euch gewiss dankbar, bloß möchte ich nicht, dass Ihr Euer Urteil über dies Beginnen nach meinem Versuch, es zu rechtfertigen, bildet; denn es sind klügere Köpfe dabei am Werke gewesen als der meinige.«

»Es können auch Köpfe fallen, die klüger sind als der Eurige«, sprach Ratcliffe im warnenden Ton.

»Vielleicht aber kein Herz gebeugt werden, das leichter wäre als meines! Indessen, Sir Ratcliffe, damit es durch Eure Worte nicht schwerer werde, Adieu für jetzt bis zum Essen! Dann sollt Ihr sehen, dass Eure Besorgnis meinen Appetit nicht beeinträchtigt hat!«

13.

Auf Schloss Ellieslaw waren große Vorbereitungen für die Beherbergung und Bewirtung der zahlreichen Gäste getroffen worden, die zu diesem großen Tage dort erwartet wurden. Nicht bloß die in diesem Landesteil durchweg zur jakobitischen Partei gehörigen Standesherren, sondern auch allerhand Leute minder hohen Ranges, die aus allerhand Ursache, ungünstige wirtschaftliche Lage, Lust am Neuen, Hass gegen England, in das regierungsfeindliche Lager und zur Teilnahme an solch gefährlicher Unternehmung getrieben wurden. Männer von wirklich hohem Rang und Vermögen befanden sich jedoch im Grunde nicht viele darunter. Die großen Grundbesitzer blieben fern, und der niedere Adel, wie auch die Bauern, welche die Landmiliz stellten, waren zur sogenannten presbyterianischen oder reformierten Kirche gehörig, also schon aus diesem Grunde, so unzufrieden sie mit der Union an sich waren, zur Beteiligung an einer jakobitischen Verschwörung nicht geneigt. Ausnahme hiervon bildeten ein paar Landedelleute, die sich teils aus traditionellem Parteihange wie Mareschal auf Wells, teils aus persönlichem Ehrgeiz wie Laird Ellieslaw, zu den Grundsätzen, welche die Verschwörung verfolgte, bekannten. Was sonst von der Bevölkerung in den Bahnen derselben wandelte, waren Personen niederen Ranges und schlechter Vermögenslage, schon damals zum Aufstande bereit, der später, anno 1715, unter den Führern Forster und Derwentwater zum Ausbruch gelangte, als ein Grenzedelmann des Namens Douglas für das Haus Stuart in Waffen trat.

Eine lange Tafel war in der weiten Halle des Schlosses aufgeschlagen, das noch ganz die baulichen Einrichtungen früherer Jahrhunderte aufwies. Die »Halle« war also noch, wie zu jener frühen Zeit, ein langer, finsterer Raum mit Schwibbogen aus Bruchstein über weit ausgekragten Figuren, die solch wunderlich-groteske Formen aufwiesen, wie der Fantasie eines gotischen Baukünstlers nur jemals entsprungen sein mögen, und füllte die ganze eine Schlossseite aus. Der Bankettsaal erhielt sein Licht durch lange schmale Fenster, die, zu beiden Seiten befindlich, mit bunten, den Schein abdämpfenden Scheiben durchsetzt waren. Über dem Sessel, in welchem Laird Ellieslaw als Leiter der Verhandlungen seinen Sitz hatte, wehte ein Banner, der bestehenden Überlieferung nach den Engländern in der Schlacht bei Sark entwunden, gleichsam berechnet darauf, den Mut der versammelten Schlossgäste durch die Erinnerung an früher errungene Siege über ihre reisigen Nachbarn zu entzünden. Der Laird selbst, eine stattliche Gestalt mit stolzen, trotz ihres finstern Ausdrucks schönen Zügen, zum vorhandenen Anlass in standesgemäßer Tracht, spielte die Rolle des Baronets aus der alten Feudalzeit ganz vorzüglich. Ihm zur Rechten hatte Sir Frederick Langley, ihm zur Linken Sir Mareschal auf Wells seinen Platz. Am oberen Ende der Tafel saßen mit ihren Brüdern und Vettern mehrere Herren von Rang und Ansehen, unter ihnen auch Sir Ratcliffe. Unterhalb des Salzfasses aus massivem Silber, das in der Mitte der Tafel stand, saß »der Schwarm«, Leute mit geringem und auch ohne Namen, die eine Befriedigung ihrer Eitelkeit auch in dem untergeordneten Platze fanden, der ihnen hier angewiesen wurde, Repräsentanten eines »Unterhauses«, bei dessen Zusammensetzung keine »strenge Hand gewaltet« hatte, denn zu ihnen gehörte sogar »kein Geringerer« mit als Willie von Westburnflat. Für dieses Menschen Unverfrorenheit, sich in dem Hause eines Edelmanns zu zeigen, dem er eben erst einen solch eklatanten Schimpf angetan, ließ sich bloß eine Erklärung finden: dass derselbe nämlich nicht im Geringsten sich darüber im Unklaren war, dass seine Rolle bei des Mädchens Entführung ein Geheimnis sei, das bei ihm selbst, wie auch ihrem Vater sicher ruhe.

Dieser zahlreichen, an sich recht gemischten Gesellschaft war ein reiches Essen aufgetragen worden, ein Essen so reich an soliden, aus Erzeugnissen von Schottlands Erde bereiteten Speisen, dass, wie man sich gern auszudrücken pflegt, »der Tisch krachte«. Aber die Fröhlichkeit stand zu der großartigen Bewirtung nicht im richtigen Verhältnis: Am unteren Teile der Tafel fühlten sich die Gäste bedrückt durch den Zwang, den sie sich als Gäste solches Hauses, als Tafelgenossen solcher illustren Gesellschaft wohl oder übel auferlegen mussten. Ähnlich erging es dem »Herrn Küster«, der, wie er sich ausdrückte, »in Ehrfurcht erstarb«, als er den Psalm in Anwesenheit so hochgestellter Herrschaften, wie z. B. des »allweisen Herrn Lokal- und Friedensrichters Freeman«, der »lieben, gnädigen Frau Johnes« und des »vielvermögenden Herrn Sir Thomas Truby« anstimmen musste. Erst als die Becher zu kreisen anfingen, wich in diesen »untern Regionen« die zeremoniöse Kälte der Fröhlichkeit; erst dann fing es an, dort in allmählicher Steigerung erst gesprächig, dann laut, zuletzt geräuschvoll zu werden.

Anders an den oberen Plätzen, wo die kältende Erregung, die häufig beim Menschen eintritt, wenn er sich, in Umstände versetzt, die ein Vorwärts ebenso erschweren wie ein Rückwärts, gezwungen sieht, verzweifelte Entschlüsse zu fassen. Je näher sie dem Rande des Abgrundes rückten, desto tiefer und gefährlicher erschien ihnen sein Schlund, und alle warteten voll Scheu, wer zuerst von ihnen den Sturz hinunter wagen würde. Diese Empfindung von Furcht, gepaart mit Widerstreben, wirkte je nach den Gewohnheiten und dem Charakter der anwesenden Gäste verschieden: Der eine schnitt ein ernstes, der andre ein einfältiges Gesicht; ein dritter blickte mit ängstlicher Besorgnis auf die leeren Sitze am oberen Ende der Tafel, wo solche fehlten, welchen politischer Eifer noch nicht alle Klugheit, sich im letzten Augenblick fernzuhalten, geraubt hatte. Noch andre schienen sich die Chancen derjenigen, welche fehlten, im Vergleich zu den Chancen derjenigen, welche anwesend waren, zu überschlagen.

Sir Frederick Langley zeigte eine finstere, friedlose Miene und ein zurückhaltendes Wesen; Laird Ellieslaw gab sich, aber mit viel Gezwungenheit, allerhand Mühe, den Mut der Versammelten anzuspornen, war aber nicht imstande, den Eindruck, als fehle es ihm selber am meisten an Mut, zu verwischen. Ratcliffe überschaute das Bild, das sich ihm bot, mit wachsamem Auge, aber mit der Miene eines völlig unbeteiligten Gastes, Mareschal allein wahrte seine ungebundene Fröhlichkeit und durch nichts zu beirrende Zuversichtlichkeit, aß und trank, scherzte und lachte und schien sogar an der Beklommenheit, die sich der Versammlung bemächtigte, an der Schwüle, die im ganzen Raume herrschte, »sein Gaudium zu haben«.

»Was hat euern heut Morgen noch so blendenden Mut so dämpfen können?«, rief er aus. »Es nimmt ja den Anschein, als seien wir hier zu einem Begräbnis versammelt, bei welchem die Leidtragenden kaum atmen dürfen, während« – dabei blickte er auf die untere Tafel – »die gedungenen Weh- und Klageleute lärmen wie beim wüsten Gelage. Wann wollt Ihr mit der Debatte beginnen, Ellieslaw? Was hat die hochtrabenden Hoffnungen des Ritters von Langley-Dale so verkümmert?«

»Ihr sprecht gleich einem Narren«, versetzte Ellieslaw barsch, »seht Ihr denn nicht, wie viele fern geblieben sind?«

»Was will das sagen?«, erwiderte Mareschal. »War es Euch denn nicht vorher klar, dass die Hälfte der Menschheit mit dem Maule flinker ist als mit der Hand? Was mich persönlich angeht, so fühle ich mich eher ermutigt als entmutigt insofern, als ich doch wenigstens zwei Drittel unsrer Freunde in unsrer Halle anwesend sehe. Freilich scheint mir zu dem Argwohn, dass die Hälfte von allen bloß gekommen sei, schlimmstenfalls ein Mittagessen zu schnorren, mancherlei Ursache vorhanden zu sein.«

»Es ist keinerlei Kunde von der Küste herübergekommen, die uns über die Landung des Königs Verlässliches meldet«, bemerkte ein anderer in jenem Halbton beklommenen Geflüsters, der auf Mangel an Klarheit und Entschlossenheit deutet.

»Kein einziges Wort vom Grafen D–! Kein einziger Mann von der südlichen Grenze!«, bemerkte ein Dritter.

»Wer hat Begehr nach Mannen noch mehr von englischem Boden und Grund?«, rief Mareschal im affektierten Heldenton. »Laird Ellieslaw, Ihr Vetter mein! Dann zeigt ihn mir flink, den Hund – und sollte der Tod uns beschieden sein –«

»Um Gottes und Schottlands willen, Vetter«, unterbrach ihn Ellieslaw, »bloß jetzt keine Torheiten, Mareschal!«

»Wohlan denn«, versetzte der Vetter, »so will ich statt ihrer Euch von meiner Weisheit zum Besten geben was ich besitze. Sind wir vorwärts gegangen wie Narren, so wollen wir nicht rückwärts gehen wie Memmen! Genug, den Verdacht der Regierung uns auf den Hals zu laden, haben wir getan. Ein Zurück gibt es für uns nicht mehr, solange wir nicht was getan haben, das einen Grund und ein Recht dazu gibt! Was? Will keiner das Maul auftun? Nun, so will ich als erster den Sprung über den Graben wagen!« Er sprang auf, goss einen Humpen voll Rotwein, erhob denselben und gebot allen, seinem Beispiel zu folgen und sich von den Sitzen zu erheben.

Alle gehorchten: Die Gäste höhern Standes gewissermaßen in passivem Gehorsam, die andern voll Begeisterung.

»Freunde! Kameraden!«, rief Mareschal wieder. »Vernehmt die Parole des Tages: Schottlands Unverletzlichkeit und unsers rechtmäßigen Königs Jakobs des Achten Gesundheit! Gelandet ist Seine Majestät soeben in Lothian und zurzeit schon, wie ich traue und glaube, wieder im unbeschränkten Besitz seiner Hauptstadt!« Er trank den Humpen leer bis auf die Neige und schleuderte ihn über sein Haupt mit dem Rufe: »Nimmer soll er entweiht werden durch geringeren Spruch.«

Alle folgten seinem Beispiel und verbürgten ihr Wort beim Krachen der Gläser, und unter den Zurufen der Gesellschaft, mit den Grundsätzen ihrer Partei, wie ihr Trinkspruch sie gekündet hatte, zu stehen und zu fallen.

»Den Sprung über den Graben habt Ihr getan unter Zeugenschaft!«, sprach Ellieslaw beiseite zu Mareschal. »Indessen glaube ich, dass es auch so zum Besten führen werde. Jedenfalls habt Ihr recht mit der Rede, dass es kein Zurück mehr für uns gibt. Ein Mann« – er blickte auf Ratcliffe – »hat die Teilnahme am Spruch verweigert. Aber dies nur beiläufig!«

Hierauf erhob er sich und sprach zur Versammlung Worte bitterer Schmähung gegen die Regierung und ihre Anordnungen, vornehmlich aber gegen die Union, die er ein Abkommen hinterhältigster Art nannte, durch das Schottland um seine politische und wirtschaftliche Unabhängigkeit betrogen und als gefesselter Sklave seinem Nebenbuhler England zu Füßen geworfen worden sei, gegen dessen Usurpation schottischer Macht und schottischen Rechts es sich jahrhundertelang mit Blut und Ehren in so mancher Gefahr gewehrt habe.

Hiermit war ein Ton angeschlagen, der in der Brust aller Anwesenden eine mächtig klingende Saite anschlug.

»Unser Handel ist vernichtet!«, schrie der alte John Newcastle, ein Schleichhändler aus Jedburgh, am untern Ende der Tafel.

»Unser Ackerbau ist zugrunde gerichtet!«, rief der Gutsherr von Broken-Girth-Flow und Eigentümer von Land, das seit Adams Zeiten nichts als Heidekraut und Schwarzbeeren getragen hatte.

»Unsre Religion ist mit Stumpf und Stiel ausgerottet!«, jammerte der rotnasige Pastor von Kirkwhistle.

»Ohne Gutschein vom Kirchenältesten und Sprengel-Rendanten werden wir bald kein Reh mehr schießen und keine Dirne mehr küssen dürfen«, rief Mareschal auf Wells.

»Und ohne Gutschein vom Steueramtsschreiber bald keinen Krug Bier mehr an kalten Wintertagen mehr brauen dürfen«, rief der Schleichhändler.

»Und in keiner finstern Nacht mehr über Moor und Heide reiten«, ergänzte Westburnflat, »ohne Gutschein vom englisch gesinnten Friedensrichter à la Earnscliff! Ha! Waren das schöne Zeiten an der Grenze, als von Frieden und Friedensrichtern noch keine Rede war!«

»Gedenken wir des bittern Unrechts von Darieu und Glencoe«, hub Laird Ellieslaw wieder an, »und ergreifen wir die Waffen zum Schutz unsrer Rechte, unserer Habe, unseres Lehns und unsrer Sippe!«

»Gedenket der rechten bischöflichen Weise, ohne die es keine recht- und gesetzmäßige Priesterschaft geben kann!«, sprach der Pfarrer.

»Gedenket des Seeraubes, der von Green und den englischen Dieben an eurem ostindischen Handel begangen wurde!«, rief William Willieson, Eigentümer zur Hälfte und alleiniger Kapitän einer Brigg, die zwischen Cockpool und Whitehaven jährlich vier Fahrten machte.

»Gedenket eurer Freiheiten!«, hub Mareschal wieder an, einem Schelm von Jungen gleich, der die Schleusen eines Mühldammes geöffnet und nun am Geklapper der Räder sich weidet, von boshafter Freude erfüllt über all diese Äußerungen einer von ihm künstlich geweckten Begeisterung. »Hole der Teufel die Steuern samt allen Steuerbeamten und allem Andenken an den alten Simpel von Willie[4], der solchen Fluch unserm Lande gebracht hat!«

4 Gemeint ist König Wilhelm III. aus dem Geschlechte der Oranier

»Verdammt sei dieser Eichmeister der Union!«, schrie der alte John Newcastle. »Mit eigener Hand will ich ihn spalten!«

»Verdammt seien Friedensrichter und Gerichtsbüttel!«, schrie Westburnflat. »Noch vor Tagesgrauen will ich ihnen gefeite Kugeln auf den Pelz brennen!«

»Wir alle, die wir hier versammelt sind«, sprach Ellieslaw, als der Lärm nachgelassen hatte, »sind also des einmütigen Willens, solchen Zustand der Dinge nicht länger mehr zu dulden!«

»Sämtlich stehen wir ein, dass es anders werden müsse im Lande!«, riefen die Versammelten wie aus einem Munde.

»Nicht ganz«, verwahrte sich Sir Ratcliffe, »wenn ich auch nicht hoffen darf, die heftige Aufregung zu dämpfen, die sich der Versammlung so plötzlich bemächtigt zu haben scheint, so bitte ich doch, soweit die Meinung eines einzelnen Mitgliedes der Versammlung Geltung finden kann, gelten zu lassen: dass ich nicht in völliger Übereinstimmung stehe mit der Reihe von Beschwerden, die soeben ausgesprochen worden sind, sowie dass ich gegen die wahnwitzige Maßregel zur Abstellung der vermeintlichen Missstände Protest erhebe, zu deren Annahme die Versammlung geneigt zu sein scheint. Freilich kann ich verstehen und will ich gelten lassen, dass vieles von dem hier Verlautbarten seine Begründung finden mag in der Erregtheit der Zeit, vielleicht auch nur im Scherz so gemeint worden ist! Indessen gibt es Scherze auf solchem Gebiete, die wohl leicht laut, aber nicht leicht verdaut werden. Und die Herren dürften gut tun, nicht unvergessen zu lassen, dass schon häufig auch steinerne Mauern Ohren gehabt haben!«

»Es mögen freilich auch steinerne Mauern ihre Ohren haben!«, versetzte mit einem Blicke sieghafter Bosheit Laird Ellieslaw. »Aber Spione im Innern der Häuser, Sir Ratcliffe, haben bequemere Wege, vornehmlich solche, die ihren Aufenthalt in Familien nehmen, ohne dass sie gerufen wurden, und ohne Erlaubnis verlängern; die es aber, wenn sie solchen Wink nicht verstehen und nützen, erleben können, dass sie das Haus, in das sie sich eingeschlichen haben, verlassen in der Rolle des an der Nase geführten Schurken!«

»Sir Vere«, versetzte Ratcliffe mit Ruhe, aber umso größerer Verachtung, »ich bin mir recht wohl bewusst, dass meine Gegenwart hier im selben Verhältnis, wie sie Ihnen immer verhasst war, für mich unsicher wird im selben Moment als sie Ihnen nicht mehr von Nutzen ist. Einen

Schutz, und zwar einen recht starken, habe ich; denn es wird Ihnen nicht eben genehm sein, wenn ich vor diesen Herren und Männern von Ehre die absonderlichen Umstände offenbare, unter welchen unsre Beziehungen ihren Ursprung fanden. Im Übrigen freue ich mich über die Beendigung unseres Verhältnisses, und wenn mir, was ich wohl annehmen darf, Herr Mareschal im Verein mit einigen anderen Herren für die Dauer der Nacht Sicherheit verbürgt für Ohren und Hals, für den ich besonderen Grund zu Besorgnissen haben zu sollen meine, so werde ich vor morgen früh, Laird Ellieslaw, Ihr Schloss nicht verlassen.«

»Sei es so«, versetzte dieser, »Eure Inferiorität, die gesellschaftliche sowohl als andere, schützt Euch vor meiner Rache, nicht aber die Scheu vor Offenbarung meiner Privatverhältnisse, nichtsdestoweniger gebe ich Euch in Eurem Interesse den Rat, Euch davor zu hüten. Einem Mann, der alles gewinnen oder alles verlieren muss, je nachdem in dem nunmehr bevorstehenden Kampfe Recht und Gesetz oder rechtswidriger Raub von Krone und Thron den Sieg erringen, kann Eure Geschäftsführung und Vermittlung nur von geringem Wert sein. Drum lebt wohl, Herr!«

Ratcliffe stand auf und warf dem Laird einen Blick zu, dem derselbe nur mühsam standzuhalten schien. Dann verbeugte er sich vor der übrigen Gesellschaft und schritt aus der Halle.

Den peinlichen Eindruck, welchen dieses Zwiegespräch bei vielen Anwesenden hervorrief, suchte Ellieslaw durch die Eröffnung der Debatte über die Tagesordnung zu verwischen. Dieselbe wurde in beschleunigtem Tempo geführt. Sie bezog sich in der Hauptsache auf die sofortige Organisation des Aufstands. Ellieslaw, Mareschal und Frederick Langley wurden zu Anführern ernannt und mit der Vollmacht, alle notwendigen Maßregeln anzuordnen, ausgestattet. Es wurde ein Treffort vereinbart, wo sich am andern Morgen jeder Anwesende mit so viel Begleitern einzufinden gelobte, als sich in seiner Umgebung für die Verfechtung der hier zu Recht erklärten Forderungen finden lassen würden.

Einige von den Gästen begaben sich, um die erforderlichen Vorbereitungen zu treffen, zu sich nach Hause. Laird Ellieslaw entschuldigte sich bei den andern, die mit Westburnflat, dem Wegelagerer, und John Newcastle, dem Schleichhändler, noch beim guten Trunke verweilten, dass er die Tafel so früh verlasse aus Rücksicht auf die Verhandlungen, die er mit den ihm zur Seite gegebenen Führern noch pflegen müsse.

Solche Entschuldigung wurde für umso willkommener erachtet, als mit ihr die Aufforderung verbunden wurde, sich an den Erfrischungen, welche die Keller des Schlosses boten, noch weiterhin gütlich zu tun.

In dem Gemache, wohin sich die drei Rädelsführer zurückgezogen, blickte zunächst einer den andern nicht ohne einen gewissen Grad von Beklommenheit an. Während sich dieser Ausdruck auf Sir Fredericks finstrem Antlitz zu mürrischer Verdrossenheit wandelte, brach Mareschal zuerst das Schweigen durch helles Lachen.

»Wohlan«, rief er, »jetzt haben wir die Schiffe hinter uns verbrannt! Jetzt heißt's: Schwimmen!«

»Für diesen jähen Tauchersprung müssen wir Ihnen Dank sagen«, meinte Ellieslaw.

»Hm, ob mir euer Dank aber noch sicher ist, wenn ich euch das Schreiben hier zeige, das mir zur Zeit behändigt wurde, als wir uns zur Tafel setzten, weiß ich nicht recht. Mein Knappe brachte mir das Schreiben mit dem Bescheide, es sei ihm von einem Manne zur Weitergabe an mich überantwortet worden, den er nie vorher im Leben gesehen habe und der, sobald er sich des Auftrags entledigt habe, weitergaloppiert sei und ihm bloß noch ans Herz gelegt habe, das Schreiben ohne Säumen an mich zu bestellen.«

Voller Ungeduld entfaltete Laird Ellieslaw das Schreiben und las:

Edinburgh

Werter Herr!

Da mich gegen Eure Sippe Verpflichtungen fesseln, die hier nicht erörtert zu werden brauchen, und mir eben bekannt wird, dass Ihr in enger Verbindung mit den Spekulanten steht, die für das Haus Jakob & Co., früher in London, jetzt in Dünkirchen sesshaft, arbeiten, halte ich es für geboten, Euch die noch wenig bekannten Mitteilungen zu machen, dass die von denselben erwarteten Schiffe von der Küste abgetrieben wurden, bevor sie ihre Ladung oder auch nur einen Teil derselben löschen konnten; und dass sich die Geschäftsfreunde im Westen dahin verständigt haben, ihre Namen aus der Firma zu scheiden, weil hinfort alle Geschäfte bloß noch mit Verlusten entriert werden könnten.

In der lebhaften Hoffnung, dass Euch diese Nachricht rechtzeitig zu Händen kommen und nützen und Euch instandsetzen, auch dazu bereit finden möge, alle Maßregeln zu treffen, die Euch vor Schaden schützen können, verbleibe ich Euer untertäniger Diener

Nihil Anonymus.

An Herrn Ralf Mareschal auf und zu Mareschal-Wells. Sofort zu bestellen.

Sir Frederick ließ das Kinn bis zu den Knien hängen, als der Brief zu Ende war, und sein Gesicht legte sich in die finstersten Falten, als Ellieslaw nun rief:

»Das betrifft die eigentliche Sprungfeder unserer Unternehmung. Ist die französische Flotte mit König Jakob an Bord durch die englische Flotte verjagt worden, wie aus diesem vermaledeiten Gekritzel, wie es scheint, geraten werden soll, so frage ich: Wie und wo stehen wir nun?«

»Genau so und genau dort, meiner Ansicht nach, wie heute Morgen!«, entgegnete Mareschal, nach wie vor lachend.

»Verzeiht, Mareschal, aber Eure Lustigkeit erscheint übel angebracht und bleibt besser beiseite: Heute Morgen hatten wir uns öffentlich noch nicht bloßgestellt, wie jetzt zufolge Eures tollkühnen Benehmens, umso tollkühner, man darf sagen verrückter, als Ihr doch das Schreiben in der Hand hattet, das uns von der Aussichtslosigkeit unseres Beginnens in Kenntnis setzt!«

»Freilich! Dass Ihr solches sagen würdet, darauf bin ich und war ich gefasst. Fürs Erste aber kann Freund Nihil Anonymus mitsamt seinem Schreiben eine Farce sein; sodann wollte ich Euch den wirksamsten Beweis dafür liefern, dass ich einer Partei überdrüssig bin, die abends kühne Pläne schmiedet und sie über Nacht verschläft! Heute ist die Regierung noch unversorgt mit Munition und Truppen; binnen wenigen Wochen wird sie an beidem mehr denn Überfluss haben. Heute steht das Land gegen sie in Feuer und Flammen; morgen wird Eigennutz, Furcht und Lauheit die Gemüter kälter gestimmt haben wie das Wetter um Weihnachten. Ich meinesteils aber bin entschlossen, alles auf einen Trumpf zu setzen. Deshalb habe ich dafür Sorge getragen, dass Ihr ganz ebenso hoch spielt wie ich. Gleichgültig hierbei ist, ob ich Euch zu offener Erklärung gezwungen habe oder nicht: Ihr steht jetzt mitten drin im Moore und müsst durch, wenn Ihr nicht drin versinken wollt!«

»Ihr irrt Euch, Herr Mareschal, betreffs eines von uns!«, sprach Sir Frederick Langley, zog die Klingel und befahl dem eintretenden Diener, seinen Leuten zu melden, dass sie sich zu sofortigem Aufbruch zu rüsten hätten.

»Auf solche Weise verlassen dürft Ihr uns nicht, Sir«, verwahrte sich Ellieslaw, »wir müssen doch zuvörderst unsere Musterrollen durchsehen!«

»Ich will noch heut Nacht fort, Sir Vere«, entgegnete Sir Frederick, »und euch meine Absichten in dieser Angelegenheit, sobald ich zu Hause bin, schriftlich bekannt geben.«

»So, so«, spottete Mareschal, »und wollt uns das Schreiben mit einem berittenen Trupp aus Carlisle übermitteln und uns gefangen nehmen lassen? Hütet Euch, Sir Frederick! Ich wenigstens mag mich weder aufs Trockne setzen noch hinters Licht führen noch verraten lassen! Wollt Ihr heut Nacht noch aus Ellieslaw weg, so findet Ihr den Weg bloß über meine Leiche!«

»Schämt Euch, Mareschal!«, rief Sir Vere. »Wie könnt Ihr unserm Freunde im Handumdrehen solch schlimme Absicht unterschieben? Ich bin fest überzeugt, dass Sir Frederick nur im Scherze spricht. Wären wir nicht zu ehrenhaft, um je an einen Verzicht auf unsere Pläne denken zu können, so müsste er doch bedenken, dass wir den vollen Beweis für seinen Beitritt zu der Verschwörung und seine eifrige Förderung derselben in Händen haben. Zudem muss er sich dessen bewusst halten, dass die Regierung die erste Anzeige gern registrieren und dankbar erkennen wird und dass wir ihm doch, wenn die Sache darauf hinauslaufen soll, leicht ein paar Stunden abgewinnen können, um die Vorhand zu spielen!«

»Ihr solltet hier von Euch nur sprechen, nicht von uns, wenn Ihr von Vorhand bei solch verräterischem Rennen sprecht!«, sagte Mareschal. »Denn was mich angeht, so ist mir mein Ross zu schade, um es zum Zweck solcher Schurkerei zu besteigen!« Zwischen den Zähnen flüsternd, setzte er hinzu: »Ein famoses Schurkenpaar, um in seiner Gesellschaft den Hals zu riskieren!«

»Ich brauche niemand, mir zu soufflieren, was zweckmäßig für mich sei, was nicht!«, erwiderte Langley. »Mein erster Schritt soll sein hinaus aus Schloss Ellieslaw und weg von Laird Ellieslaw, dem mein Wort zu halten schon um deswillen kein Grund für mich vorliegt, weil er mir das seinige nicht gehalten hat.«

»Und worin hätte ich Euch, Sir Frederick, mein Wort nicht gehalten?«, fragte Ellieslaw, dem Vetter durch eine Gebärde sein Ungestüm verweisend.

»In meinem empfindlichsten und im zartesten Punkte des Herzens – Ihr habt mir was von einer Heirat vorgeschwatzt, die, wie Euch recht gut bekannt ist, als Pfand für unsere politische Unternehmung gesetzt war! Den Raub und die Rückkehr Eurer Tochter und all Eure entschuldigenden Worte für die mir von Eurer Tochter bereitete kalte Aufnahme halte ich für leere Ausflüchte, zu dem Zweck erhoben, die ihr von Rechts wegen gehörigen Güter in Eurem Besitz zu behalten, mich hingegen unterdessen als Werkzeug bei Eurem verzweifelten Unternehmen zu benützen und dafür mit Hoffnungen abzuspeisen, die sich durch Euch niemals verwirklichen lassen, zu deren Verwirklichung Ihr überhaupt nicht gesonnen seid!«

»Sir Frederick! Bei allem, was heilig ist, versichere ich Euch –«

»Ich mag nichts mehr von Beteuerungen und Versicherungen hören! Man hat mich schon zu lange getäuscht –«

»Wenn Ihr uns im Stiche lasst, Sir Frederick«, sagte Ellieslaw, »dann müsst Ihr damit rechnen, dass Euer Untergang gleich dem unsrigen außer Zweifel steht! Jetzt hängt alles nur vom Zusammenhalten unsrer Kräfte ab.«

»Lasst mich für mich allein sorgen!«, versetzte der Ritter. »Sprächet Ihr aber die Wahrheit, dann würde ich lieber umkommen, als mich länger zum Narren halten lassen!«

»Kann Euch nichts von meinem aufrichtigen Willen überzeugen?«, fragte nicht ohne Beunruhigung Laird Ellieslaw. »Heute Morgen hätte ich Euren ungerechten Verdacht als Schimpf zurückgewiesen; aber in unserer gegenwärtigen Lage –«

»In der gegenwärtigen Lage«, fiel ihm Sir Frederick ins Wort, »fühlt Ihr Euch zur Aufrichtigkeit gezwungen? Wollt Ihr, dass auch ich dies glaube, dann könnt Ihr nur auf einem einzigen Wege mich davon überzeugen, indem Ihr Eure Tochter bestimmt, mir noch heute Abend ihre Hand zu reichen!«

»So schnell?«, versetzte Sir Vere. »Das geht unmöglich! Bedenkt den Schrecken des Mädchens und unser gegenwärtiges Unternehmen!«

»Mir gilt nichts anderes mehr für gewiss als ihr Jawort am Altar! Ihr habt im Schloss eine Kapelle. Der Pfarrer weilt bei der Tafelgemeinschaft. Gebt mir noch heute Abend diesen Beweis Eures ehrlichen

Willens, und wir sind wieder durch Herz und Hand verbunden. Weigert Ihr mir aber mein Gesuch in einem Augenblicke, wo seine Gewährung Eurem Nutzen und Vorteil so angemessen ist, wie soll ich Euch dann am andern Tage vertrauen, nachdem ich mich bloßgestellt habe und wenn jedes Zurück für mich ausgeschlossen ist?«

»Kann ich darauf bauen, dass unsre Freundschaft die alte bleibt, wenn Ihr heut Abend mein Schwiegersohn seid?«, fragte Laird Ellieslaw.

»Unfehlbar«, versetzte Sir Frederick, »und unabänderlich!«

»Dann meine Hand darauf«, rief Sir Vere, »dass meine Tochter, so vorschnell und so unzart und ungerecht gegen meinen Charakter Euer Vorgehen auch ist, heut Abend Euer Weib sein soll.«

»Heute Abend – nicht anders!«, betonte Sir Frederick.

»Heute Abend, nicht anders!«, beteuerte Ellieslaw. »Noch ehe die Glocke zwölf Uhr geschlagen, sollt Ihr ins Ehebett steigen.«

»Mit Verlaub und Willen jedoch der edlen Dame«, nahm jetzt Mareschal das Wort, »nicht anders! Denn das mögen die beiden Herren sich gesagt sein lassen, dass ich nicht zugeben werde – unter keinen Umständen und keiner Bedingung, – dass meiner hübschen Base hierbei auch nur der leiseste Zwang auferlegt werde!«

»Die Pest über den Hitzkopf!«, brummte der Laird zwischen den Zähnen, um dann laut fortzufahren: »Wofür seht Ihr mich an, Mareschal, dass Ihr solche Einmischung für nötig erachtet, als Schützer meines Kindes gegen mich, ihren leiblichen Vater? – Verlasst Euch darauf, Sir Frederick Langley ist ihr nicht unsympathisch!«

»Oder vielmehr wohl«, wandte Mareschal ein, »der Titel Lady Langley? Das letztere bedünkt mich wahrscheinlicher, und dieser Meinung möchten schließlich auch andere hübsche Damen sein! Ich bitte um Verzeihung. Aber solch plötzliche Forderung, gefolgt von solch plötzlichem Zugeständnis, hat mich um meiner hübschen Base willen in gewisse Unruhe versetzt.«

»Mich versetzt einzig und allein die plötzliche Erledigung der Angelegenheit in Unruhe«, nahm Ellieslaw wieder das Wort, »und falls es mir unmöglich sein sollte, die Einwilligung meiner Tochter in solcher Kürze zu erhalten, so wird Sir Frederick zu bedenken haben ...«

»Keine Rede hiervon, Sir Vere! Ich wiederhole: Entweder bis heute Mitternacht die Hand Ihrer Tochter – oder ich reise ab, und wäre es um Mitternacht! Dies betrachtet als mein Ultimatum!«

»Angenommen«, sprach Ellieslaw, »ich verlasse Euch jetzt, um meine Tochter auf diese jähe Handlung vorzubereiten; Euch hingegen ersuche ich, alle Vorsorge für kriegerische Eventualitäten zu treffen.«

Mit diesen Worten verließ er die beiden Gefährten.

14.

Sir Vere, durch lange Übung in der Kunst sich zu verstellen recht wohl imstande, Gangart und Tritt nach Bedarf und Gefallen zu regeln, ging durch die steinerne Flur und die Treppe zu Isabels Zimmer hinauf mit dem kräftigen Tritt eines Mannes, der wohl weiß, dass er eine wichtige Angelegenheit zu erledigen hat, aber nicht im Zweifel darüber ist, dass dieselbe ihre befriedigende Lösung finden werde. Als er aber weit weg genug war, dass ihn die Herren, die er verlassen hatte, nicht mehr hören konnten, verlangsamte sich sein Schritt so, wie es seinem Zweifel und seiner Furcht besser entsprach.

Um seine Gedanken zu sammeln und sich über die Unterredung mit seiner Tochter, bevor er in das Zimmer derselben trat, einen bestimmten Plan zurecht zu legen, blieb Sir Vere im Vorzimmer stehen.

»Hat sich ein vom Unglück verfolgter Mensch wohl je in einen verzweifelteren Zustand verrannt?«, dachte er bei sich. »Verfallen wir in Zwist und Hader, so steht es wohl außer Zweifel, dass es mir als dem Hauptträdelsführer an den Kragen gehen wird. Selbst angenommen, durch schnelle Unterwerfung sei Rettung noch möglich: Bin ich dann nicht erst recht in der Patsche? Mit Ratcliffe habe ich vollständig gebrochen und kann von ihm auf das Schlimmste rechnen. Was bleibt mir übrig als in die weite Welt zu laufen, arm und entehrt? Ohne Mittel zum Lebensunterhalt? Daran, die Schande politischen Renegatentums auszuwetzen, die sich an meinen Namen hängen wird, kann ich gar nicht denken! Dazu wäre Geld notwendig und das besitze ich nicht. Und doch: Bleibt mir eine andre Wahl als zwischen solchem Lose und schmachvollem Schafott? Was mich allein zu retten vermag, ist Ruhe und Frieden mit diesen Menschen: Um deswillen habe ich Langley versprochen, dass Isabella vor Mitternacht sein Weib werden solle, habe ich Mareschal versprochen, keinerlei Zwang auf das Mädchen auszuüben. Nur ein einziges Mittel kann mich vor dem Untergange schützen: ihre Einwilligung, einem Manne die Hand zu reichen, der ihr zuwider ist, sie diesem Manne in solch kurzer Frist zu reichen, dass es sie aufbringen müsste, wenn es ihr Bräutigam wäre, der ihr dies Ansinnen stellte. Mir bleibt nur übrig, auf die romantische Seite ihres Wesens zu bauen. Und wenn ich es ihr noch so dringend vorstelle, wie notwendig es ist, dass sie mir gehorche, so werde ich doch nie imstande sein, der Wirklichkeit auch nur im entferntesten nahe zu kommen.«

Er trat in das Zimmer seiner Tochter. Trotz des Ehrgeizes, der ihn erfüllte, trotz seiner Gewandtheit in allen Lebenslagen, wohnte doch noch Vaterliebe genug in seinem Herzen, um über die Rolle zu erschrecken, die er jetzt spielen wollte; aber der Gedanke einerseits, dass seine Tochter durch die Verbindung mit Sir Frederick doch eine standesgemäße Partie schlösse, und anderseits die Gewissheit für ihn, im Fall des Misslingens ein völlig ruinierter Mann zu sein, waren ausreichend, die Stimme seines Gewissens zu ertöten.

Isabel saß am Fenster, den Kopf in die Hand gestützt, in Schlummer oder Nachsinnen so tief versunken, dass sie das Geräusch seiner Tritte nicht hörte. Mit dem Ausdruck tiefen Kummers im ganzen Wesen näherte er sich ihr, setzte sich neben sie und nahm, tief aufseufzend, ihre Hand.

»Vater!«, rief das Mädchen und fuhr empor. Aus ihrem Gesicht sprach Besorgnis in nicht geringerem Grade als Freude und Zuneigung.

»Isabel«, sprach Sir Vere, »dein Vater, von allem Glück verlassen, kommt als Bittender: Um Verzeihung bittet er dich für die Kränkung, die er dir im Übermaß von Liebe zufügte – um dann auf immer von dir Abschied zu nehmen!«

»Vater! Verzeihung für eine Kränkung? Und Abschied auf immer? Was sollen solche Worte heißen?«, fragte Isabel.

»Isabel, aus meinem Munde spricht bitterer Ernst. Zuvörderst möchte ich die Frage an dich stellen, ob du mich irgendwelches Anteils an dem seltsamen Vorfalle beargwöhnst, der sich gestern Morgen ereignet hat?«

»Ich? – Vater!«, stammelte Isabel, in dem Bewusstsein sowohl, dass er ihre Gedanken richtig erraten habe, wie von Scham und Furcht befallen, sich der Möglichkeit solcher Frage ausgesetzt zu haben.

»Ja«, fuhr er fort, »deine Unsicherheit sagt mir, dass du von solchem Argwohn nicht frei bist; und mir fällt jetzt die peinliche Aufgabe zu, dir die Wahrheit zu sagen: dass du mir nämlich durch solchen Argwohn kein Unrecht getan hast. Aber leih meinen Gründen dein Ohr! In schlimmer Stunde ermutigte ich Sir Frederick Langley, um deine Hand anzufragen, weil ich es nicht für möglich hielt, dass deine Abneigung gegen eine Verbindung mit ihm Bestand haben könne, weil doch in fast allen Hinsichten der Vorteil auf deiner Seite lag. In noch schlimmerer Stunde ließ ich mich mit ihm in ein Komplott ein, dessen Zweck sein sollte, die Unabhängigkeit unsers Vaterlandes wiederherzustellen und unsern aus dem Lande verbannten König zurückzuführen. Sir Frederick Langley hat mein Vertrauen benützt, und jetzt liegt mein Leben in seiner Hand!«

»Euer Leben, Vater?«, fragte mit matter Stimme Isabel.

»Jawohl, mein Kind«, fuhr ihr Vater fort, »das Leben desjenigen, der dir das Leben gab, liegt in Sir Fredericks Hand. Sobald ich das Unheil übersah, das seine zuchtlose Leidenschaft, die mir, wie ich nicht ungesagt lassen will, aus übergroßer Neigung zu dir zu entspringen scheint, über ihn bringen musste, suchte ich mich aus der verdrießlichen Lage, in welche ich mich gebracht hatte, auf Zeit von einigen Wochen dadurch zu befreien, dass ich dich unter plausiblem Vorwand auf einige Wochen aus meinem Schloss entfernte. Ich gedachte dich, falls sich deine Abneigung gegen diese Heirat nicht verlieren sollte, heimlich nach Paris, in das Kloster deiner Tante mütterlicherseits zu bringen. Durch eine Kette von Irrungen und Wirrungen wurdest du aus dem Platze, wo du dich zunächst kurze Zeit aufhalten solltest, hinweggebracht. Ein widriges Geschick hat mir diese letzte Möglichkeit zur Rettung genommen. Mir bleibt jetzt bloß übrig, dich mit Herrn Ratcliffe aus dem Schlosse ziehen zu lassen. Es wird dir bekannt sein, dass Herr Ratcliffe das Schloss verlässt. Mein eignes Schicksal ist besiegelt und wird sich bald erfüllt haben.«

»Gerechter Himmel! Ist solches möglich?«, rief Isabel. »Ach, warum bin ich aus dem Turm befreit worden, in den Ihr mich hattet bringen lassen? Und warum habt Ihr mir nicht Kenntnis von Eurem Willen gegeben?«

»Ziehe nicht weitere Schlüsse, Isabel! Wäre es dir recht gewesen, wenn ich den Freund, dem ich zu dienen wünschte, in deiner Meinung dadurch heruntersetzte, dass ich dich die Energie fühlen ließ, mit der er seinen Zweck verfolgte? Konnte ich als ehrenhafter Mann so verfahren, nachdem er mein Versprechen besaß, seiner Bewerbung nicht hinderlich sein zu wollen? Indessen darüber braucht jetzt kein Wort mehr zu fallen. Das ist vorüber! Mareschal und ich, wir sind entschlossen, als Männer zu sterben. Mir liegt jetzt bloß noch ob, dich unter sicherm Geleit von Schloss Ellieslaw zu entfernen.«

»Ach Himmel! Gibt es keine Rettung?«, rief erschreckt Miss Vere.

»Keine Rettung, mein Kind«, versetzte Vere mit sanfter Stimme, »außer einer, einer einzigen, die ich aber verschmähe und als Ehrenmann verschmähen muss –«

»Sprecht, Vater!«

»Ich müsste der erste sein, der die Freunde anzeigt und verrät!«

»Nein, Vater, nein«, erwiderte sie mit Abscheu, »das nicht! Das unter keiner Bedingung! Aber gibt es kein andres Mittel? Flucht? Intervention? Ich will das Knie beugen vor Sir Frederick!«

»Das würde fruchtlose Entwürdigung sein! Sir Frederick weiß, was er zu tun und zu lassen hat, und ich nicht minder. Nur unter einer Bedingung will er sein Tun dem meinigen anpassen, aber solche Bedingung soll mein Kind nimmer von meinen Lippen vernehmen.«

»Nennt sie mir, Vater!«, rief Isabel. »Wozu sollte ich nicht bereit sein, da es doch gilt, dem schrecklichen Schicksal vorzubeugen, das Euch bedroht?«

»Erst wenn deines Vaters Haupt über das blutige Schafott rollt«, sprach Sir Vere in feierlichem Tone, »soll mein Kind erfahren, dass es ein Opfer gab, durch das er zu retten gewesen wäre!«

»Warum wollt Ihr es mir nicht nennen?«, fragte Isabel. »Fühlt Ihr Sorge, ich würde mich scheuen, mein Vermögen zu Eurer Rettung hinzugeben? Oder würdet Ihr mir lebenslange Gewissenspein, dass ich mich einem Weg verschlossen hätte, der Euch noch Rettung schaffen konnte, als Euer Vermächtnis hinterlassen wollen?«

»Nun gut, mein Kind«, sprach Sir Vere, »da du mich drängst, das zu nennen, was ich tausendmal lieber verschwiegen hätte, muss ich dir sagen, dass er von keinem andern Lösegeld wissen will außer du reichst ihm deine Hand und zwar noch heute, bis Mitternacht!«

»Noch heute?«, rief das junge Mädchen, von Schauder geschüttelt. »Solchem Menschen, solchem Ungeheuer, das die Tochter zu werben sucht, indem es den Vater am Leben bedroht – nein, Vater, das geht über meine Kraft!«

»Du redest wahr, meine Tochter«, pflichtete der Vater bei, »dergleichen ist unmöglich! Ich besitze weder das Recht, solches Opfer zu fordern, noch wünsche ich, dass meine Tochter solches Opfer bringe!

Es ist ja Naturgesetz, dass das Alter stirbt und der Vergessenheit anheimfällt, und dass der Jugend Glück und Leben winken!«

»Mein Vater sollte sterben, wenn sein Kind ihn retten kann? Nein, Vater, das ist undenkbar! Dass kann nicht sein! Ihr wollt mich bloß Euren Wünschen gefügig machen. Freilich weiß ich, dass Ihr dabei nichts anderes im Auge haltet, als was Euch mein Glück zu sein bedünkt. All dies Entsetzliche berichtet Ihr mir nur, um mein Benehmen und Verhalten zu beeinflussen, um meine Bedenklichkeiten zu beseitigen.«

»Meine Tochter«, versetzte hierauf Laird Ellieslaw, in einem Tone, aus dem der Kampf zwischen gekränktem Stolz und väterlicher Liebe scharf herausklang, »du hegst Argwohn, dass ich auf falschen Bericht sänne, um auf dein Herz zu wirken! Auch das also muss ich noch hören! Sogar solche Unterstellung muss ich widerlegen! Du kennst die makellose Ehre unsers Vetters Mareschal, Isabel! Hier lies, was ich ihm schreibe, und urteile nach seiner Antwort, ob die Gefahr, von welcher ich sprach, über unsern Häuptern schwebt oder nicht, und ob ich alle Mittel, sie abzuwenden, versucht habe oder nicht!«

Er brachte hastig ein paar Zeilen zu Papier und reichte sie seiner Tochter, die erst nach wiederholten Anstrengungen imstande war, das Schreiben zu lesen und seinen Inhalt zu begreifen.

Lieber Vetter,

wie ich erwartet habe, finde ich meine Tochter über Sir Langleys unzeitiges und voreiliges Drängen in Verzweiflung. Sie ist sogar nicht imstande, die Gefahr zu fassen, in welcher wir schweben, oder zu ermessen, bis zu welchem Grade wir uns in seiner Gewalt befinden. Ich bitte Euch inständig, gebraucht allen Einfluss, den Ihr über ihn habt, dass er sich bereit finden lasse zur Abänderung von Anträgen, zu deren Annahme ich mein Kind nicht drängen kann – aus Rücksicht nicht minder auf ihr persönliches Empfinden als auf die allgemeinen Rücksichten auf Anstand und Sitte.

Ihr verpflichtet hierdurch zu großem Danke

Euren Vetter R. V.

Dass Miss Vere in dem Schreiben übersah, dass der Nachdruck ihrer Ablehnung mehr auf die Form und die Frist als auf ihre Abneigung gelegt wurde, ist bei der Aufregung, in der sie sich befand, und die sie im Vollbrauch ihrer Sinne in gewissem Maße beeinträchtigte, recht wohl erklärlich. Sir Vere klingelte, nach dem eintretenden Diener das Schreiben zur sofortigen Weitergabe an Herrn Mareschal und ging, die Antwort darauf erwartend, in großer Erregtheit mit weiten Schritten im Zimmer auf und ab. Es währte nicht lange, so kam die Antwort. Er überflog sie und säumte nicht, sie der Tochter zu geben.

Lieber Vetter!

Ich habe den Ritter in der von Euch mir aufgetragenen Sache bereits interpelliert, finde ihn aber so starr und unzugänglich wie die Cheviot-Berge. Es schmerzt mich lebhaft, dass meine schöne Base dermaßen gequält wird, auf das ihr zustehende Recht als Jungfrau zu verzichten. Aber Sir Frederik ist damit einverstanden, das Schloss gleich nach der Trauungsfeier zu verlassen, damit wir in keiner Weise behindert seien, unsre Anhänger zu sammeln und in den Kampf zu treten. Auf diese Weise ist wenigstens Hoffnung vorhanden, dass es dem Bräutigam früher, als er sich mit der Braut wiedersieht, an den Kragen geht und dass Isabel die beste Aussicht hat, auf höchst bequeme und billige Weise Lady Langley zu werden. Im Übrigen beschränke ich mich auf den Hinweis, dass meine schöne Base, wenn sie die Verbindung überhaupt eingehen will, sich dazu mit Eile entschließen muss. Sonst wird uns allen zur Reue Muße genug oder vielleicht auch, je nachdem, in sehr bescheidenem Maße bleiben. Das sind die Mitteilungen, die ich Euch auf Eure diesbezügliche Anregung zu geben habe.

Euer Vetter R. M.

Nachschrift: Meiner Base dürft Ihr noch sagen, dass ich den Ritter lieber um einen Kopf kürzer mache, als sie dem Zwange ausgesetzt weiß, sich gegen ihren Willen zu verheiraten.

Isabel drohte vom Stuhl zu sinken, als sie diesen Brief des Ritters Mareschal gelesen hatte. Ihr Vater stützte sie.

»Gott! Mein Kind wird sterben!«, rief Sir Vere, hinter dessen väterlichem Empfinden politische Rücksicht auf einen Moment in den Hintergrund trat. »Sieh mich an, Isabel! Senke den Blick nicht so! Nein, nein! Du sollst, komme was wolle, das Opfer nicht sein! Soll ich fallen, so will ich mit dem Bewusstsein fallen, dich glücklich zu hinterlassen. Mein Kind mag weinend, nicht aber mit Grimm im Herzen an mein Grab treten!« Er trat auf die Schwelle und rief eine Dienerin. »Ich lasse Herrn Ratcliffe bitten, sich zu mir zu bemühen.«

Totenbleich, die Hände auf das Herz gepresst, mit geschlossenen Augen und zusammengepressten Lippen, stand Miss Vere da. Sie kämpfte einen schweren Kampf. Aber siegreich ging sie aus ihm hervor. Gehobenen Hauptes, den Atem haltend, sprach sie mit Festigkeit:

»Vater, ich willige ein!«

»Nein, Kind! Du sollst nicht! Ich nehme das Opfer nicht an! Ich will nicht Unglück über dich bringen, um Gefahr von mir zu wälzen«, rief Ellieslaw.

»Vater, ich willige ein«, wiederholte Isabel.

»Nicht doch, Kind! Zum Wenigsten nicht jetzt!«, wehrte Ellieslaw. »Wir wollen uns demütigen, um Aufschub von ihm zu erhalten. Indessen, Isabel, wenn du den Widerwillen, der in Wirklichkeit auf schwachen Füßen steht, zu überwinden vermagst, dann bedenke nach der andern Seite den Glanz solcher Heirat – Reichtum, Rang, vornehme Kreise –«

»Vater, ich willige ein!«, sprach Isabel zum dritten Male, scheinbar außerstande, anderes als diesen Satz zu sprechen.

»Des Himmels Segen über dich, meine Tochter!«, rief Sir Vere. »Er wird dich mit Reichtum, mit Freude und Macht überschütten!«

Mit schwacher Stimme bat Miss Vere, den Rest des Abends allein gelassen zu werden.

»Auch Sir Frederick soll nicht kommen?«, fragte der Vater unruhig.

»Ich werde ihn sehen, wann und wo ich muss«, antwortete sie, »aber jetzt bitte ich um Rücksicht!«

»Sei es, mein Kind! Keinen Zwang, den ich dir sparen kann, sollst du von mir leiden. Urteile nicht hart über Sir Frederick! Seine Handlung wird diktiert von überheftiger Leidenschaft.«

Isabel bewegte mit Ungeduld ihre Hand.

»Vergib mir, Kind – ich gehe – des Himmels Segen über dich! – Falls du mich nicht früher rufst, werde ich um elf Uhr hier sein und dich holen!«

Isabel sank in die Knie, als er das Gemach verlassen hatte.

»O Himmel, hilf mir, dass ich in dem gefassten Entschlusse nicht wanke! Nur du, o Himmel, vermagst es! – Armer Earnscliff! Wer wird ihm Trost bringen? Mit welcher Verachtung wird er meinen Namen sprechen, da ich erst heute ihn erhörte und noch in selbiger Nacht mit einem andern vor den Altar trete! Nun, mag er mich verachten! Tröstlich soll mir der Verlust seiner Achtung sein, wenn sein Gram hierdurch Linderung erfahrt!«

Bittere Tränen rannen über ihre Wangen. Immer und immer versuchte sie, sich im Gebete zu sammeln, war aber außerstande, ihr Gemüt zu andächtiger Ruhe zu stimmen.

Da tat sich langsam die Tür auf.

15.

Sir Ratcliffe stand auf der Schwelle.

»Ihr ließet mich rufen, Sir Vere«, hub er an. Dann erst sah er sich um, und bewegt setzte er hinzu:

»Miss Vere allein! Und auf den Knien? In Tränen?«

»Verlasst mich, Sir Ratcliffe!«, sprach die unglückliche Dame. »Wohl ließ mein Vater Euch rufen. Aber Eure Gegenwart ist nicht mehr vonnöten.«

»Ich kann Euch jetzt nicht verlassen, Miss Vere«, versetzte Ratcliffe; »wiederholt suchte ich Zutritt bei Euch, um mich zu verabschieden, wurde aber hinweggewiesen, bis Euer Vater mich selbst rufen ließ. Zeiht mich nicht der Zudringlichkeit! Wenn ich bitte, meine Gegenwart zu dulden, so geschieht es, weil es mir obliegt, eine Pflicht zu vollbringen.«

»Euch jetzt anzuhören, Sir Ratcliffe, bin ich ebenso außerstande, wie zu sprechen. Ich bitte, lasst mich allein!«

»Nur eins sagt mir, Miss Vere«, bat Sir Ratcliffe. »Findet die Euch verhasste Heirat wirklich statt? Und heute Abend? Das Bedientenvolk sprach auf der Treppe davon, es hieß, die Kapelle sei zu heut Abend herzurichten.«

»Schonet meiner«, sprach die unglückliche Braut, »und urteilt über die Grausamkeit Eurer Fragen nach dem Zustand, in welchem Ihr mich findet!«

»Ihr sollt Euch also noch heute Abend mit Sir Langley vermählen? Das kann nicht sein, das darf nicht sein, soll nicht sein!«

»Es muss sein, Sir Ratcliffe! Denn sonst ist mein Vater zugrunde gerichtet!«

»Ha, ich verstehe«, erwiderte Ratcliffe, »um ihn zu retten, opfert Ihr Euch? Des Kindes Tugend soll des Vaters Fehltritte – sie herzuzählen gebricht es an Zeit – sühnen? Was kann geschehen? Die Zeit drängt. Ich sehe bloß ein Mittel, Miss Vere: Ihr müsst den Schutz des einzigen menschlichen Wesens anrufen, welches die Gewalt hat den Lauf der Ereignisse, die Euch fortzureißen drohen, zu hemmen!«

»Und welches Wesen besäße solche Gewalt?«, fragte Miss Vere.

»Erschreckt nicht, wenn ich den Namen nenne, Miss Vere!«, versetzte Ratcliffe, näher tretend, und fuhr in leiser, doch deutlicher Stimme fort: »Der Mann ist es, den man Elshender, den Klausnerzwerg vom Mucklestane-Moor, nennt!«

»Ihr seid von Sinnen, Sir Ratcliffe; oder wollt Ihr meines Jammers durch unzeitigen Scherz spotten?«

»Miss Vere«, antwortete er mit strengem Anflug im Tone, »ich bin nicht minder von Sinnen als Ihr! Scherz zu treiben ist nicht Gewohnheit bei mir, am wenigsten dem Unglück gegenüber, am allerwenigsten aber, um Eurer zu spotten! Ich versichere Euch, er, der ein ganz andrer Mensch zu sein scheint, als er ist, besitzt in der Tat ein Mittel, Euch von dieser verhassten Verbindung zu erlösen.«

»Auch meines Vaters Sicherheit zu verbürgen?«

»Auch dieses«, antwortete Ratcliffe, »sofern Ihr seine Sache bei ihm vertretet! Wie aber könnt Ihr Zutritt zu dem Klausner bekommen?«

»Darum keine Besorgnis!«, sagte Isabel, der jetzt der seltsame Vorfall mit der Rose einfiel. »Der Klausner hat mir einst selbst den Wunsch ausgesprochen, ich solle, falls ich einmal in äußerste Not geriete, seine Hilfe suchen; zum Zeichen gab er mir diese Rose hier mit den Worten, solcher Hilfe würde ich bedürftig sein, bevor die Blume verwelkt sei. Aber sollten seine Worte wirklich aus anderer Quelle entsprungen sein als Wahnsinn?«

»Zweifelt nicht, Miss Vere, und fürchtet nicht!«, sagte Sir Ratcliffe. »Vor allem aber verlieret keine Zeit! Seid Ihr Herrin Eures Tuns und unbewacht?«

»Ich glaube«, antwortete Isabel, »was aber soll ich tun?«

»Verlasst auf der Stelle das Schloss«, sagte Ratcliffe, »und eilt zu dem Manne, der auf Euer Schicksal, wenn er auch in äußerster Armut zu leben scheint, einen fast grenzenlosen Einfluss zu üben vermag. Noch sitzt alles beim Gelage oder ist in geheimer Beratung der verräterischen Pläne begriffen, die gegen Recht und Staat hier geschmiedet werden – mein Pferd steht im Stalle bereit – eins für Euch will ich satteln und Euch am kleinen Gartentor erwarten. Lasst Euch durch keinerlei Zweifel an meiner Treue und ehrlichem Eifer bestimmen, den einzigen, in Eurem Bereich möglichen Schritt zu unterlassen, der Euch vor dem schlimmen Schicksale, Sir Frederick Langleys Gemahlin zu werden, bewahren kann.«

»Sir Ratcliffe«, erwiderte Miss Vere, »Ihr seid immer als Mann von Rechtlichkeit und Ehre gehalten worden, und der Ertrinkende klammert sich ja an einen Halm: Ich will Euch also vertrauen und Eurem Rate folgen. Erwartet mich, bitte, am Gartentor!«

Sie riegelte, sobald Sir Ratcliffe das Zimmer verlassen hatte, die Tür ab, warf sich rasch Hut und Mantel über, bekämpfte Gedanken, die ihr kamen, die schnell gegebene Einwilligung zurückzunehmen, und eilte in den Garten. Dort standen Pferde bereit, Sir Ratcliffe war in voller Bereitschaft zur Stelle, und nach wenigen Augenblicken waren sie unterwegs nach der Hütte des Einsiedlers. Solange ihr Ritt über günstiges Terrain ging, wehrte ihnen das schnelle Tempo alle Unterhaltung. Als aber ein steiler Abhang dasselbe zu mäßigen zwang, gab Miss Vere der Besorgnis, die sie von Neuem befiel, durch die folgenden Worte Ausdruck:

»Sir Ratcliffe«, sprach sie, den Zügel ihres Pferdes anziehend, »reiten wir nicht weiter! Lässt sich doch solcher Schritt von meiner Seite nur durch hochgradige seelische Erregung rechtfertigen! Es ist mir freilich bekannt, dass dieser Klausner beim großen Volk als Wesen gilt, ausgestattet mit übernatürlicher Kraft und im Verkehr befindlich mit der andern Welt; ich möchte aber über mich die Meinung nicht aufkommen lassen, dass mich dergleichen Gerede irre führen oder irgendwie bestimmen könne, im Unglück bei solchem Wesen um Hilfe anzuklopfen.«

»Mein Charakter und meine Denkweise, Miss Vere, sollten doch wohl bekannt genug sein«, versetzte Ratcliffe, »mich gegen jede Vormeinung zu sichern, als hätte mir je daran liegen können, den Glauben an solches Gerede, wie Sie es nennen, irgendwie zu fördern.«

»Wie aber soll ich mir anders die Kraft erküren, die solch elendem Wesen innewohnen soll, mir Beistand und Hilfe zu leisten?«

»Miss Vere«, erklärte nach kurzer Pause Sir Ratcliffe, »mich bindet ein feierlicher Eid zur Geheimhaltung; Ihr müsst Euch also an meinem Wort und meiner Versicherung genügen lassen, dass dem Klausner solche Kraft innewohnt, und dass er sie ausüben wird, sofern Ihr den Willen bei ihm zu erwecken vermögt! Dass dies der Fall sein wird, darein setze ich keinen Zweifel.«

»Allein des Mannes wunderliche Lebensweise, seine Absonderung, seine Gestalt, sein tiefeingewurzelter Menschenhass, der in jedem Wort seiner Rede zum Ausdruck kommen soll, – wie soll ich mir das alles deuten, Sir Ratcliffe? Und was soll ich von ihm denken, wenn er tatsächlich die Gewalt besitzt, die Ihr ihm zumesst?«

»Im katholischen Glauben erzogen, hat ihn Abscheu vor der Welt bewogen, aus ihr zu fliehen«, berichtete Ratcliffe. »Soweit darf ich in meiner Mitteilung gehen. Der Mann war Erbe eines bedeutenden Vermögens, dessen Mehrung die Eltern durch seine Vermählung mit einer weiblichen Verwandten, die zu diesem Zweck bei ihnen erzogen wurde, im Auge hatten. Ihr habt seine Gestalt gesehen und werdet Euch über die Empfindungen, welche das Mädchen erfüllen mussten, nicht im unklaren sein; ihre Verwandten aber meinten, die Stärke seiner Zuneigung und seine umfassende Geistesbildung würden, im Verein mit seinen vielen liebenswürdigen Eigenschaften, über seine Missgestalt bei ihr den Sieg davontragen. Er aber war sich dieser Missgestalt nur zu scharf bewusst. Zu mir besaß er Vertrauen und besitzt Vertrauen und zu mir sprach er hierüber: All dessen ungeachtet, was Ihr mir sagen mögt, bin und bleibe ich ein armer, elender Krüppel, ein von der Natur verfehmter Wurm, dem es besser wäre, man hätte ihn in der Wiege erstickt, statt ihn aufzuziehen zu einer Vogelscheuche für die Menschheit!«

»Ihr wiederholt, was ein Wahnsinniger gesprochen!«, sagte Miss Vere.

»Nein«, antwortete Ratcliffe; »es sei denn, dass man krankhafte Empfindlichkeit für Wahnsinn gelten lässt. Freilich will ich nicht in Abrede stellen, dass sich seine Fantasie durch Überreizung seiner Vorstellungen bis auf eine krankhafte Höhe gesteigert hat. Was ihm die Natur verfügt hat, hat er nun, wie es scheint, durch übertriebene Freigebigkeit gegen seine Mitmenschen wettmachen wollen. Die Täuschungen, die er hierbei erlitt, durch Missbrauch und Undank, wie es mehr oder weniger wohl allen ergeht, die keinen gerechten Maßstab an Wohltaten zu legen wissen, sind die erste Nährquelle seines Menschenhasses geworden, und nach und nach ist er zum ausgeklügeltsten Selbstquäler geworden, den die Erde jemals getragen haben mag, erfüllt von Misstrauen gegen seine ganze Umgebung, gegen alles was er sah und hörte. Zuletzt schien er bloß zwei Personen noch der Treue und Aufrichtigkeit für fähig zu halten: die ihm verlobte Braut und einen an äußeren Gaben überreichen Freund, der ihm ernstlich zugetan schien. Ursache dazu hätte er reichlich gehabt, denn er wurde mit Wohltaten geradezu überschüttet von dem unglücklichen Menschenhasser, den Ihr jetzt zu besuchen denkt. Es traf sich, dass ihm kurz nacheinander die Eltern starben. Die Hochzeit, für die der Tag schon bestimmt war, erlitt infolgedessen Aufschub, was die Dame nicht sehr zu beklagen schien. Indessen wurde nach Ablauf des Trauerjahrs ein neuer Tag für die Hochzeit festgesetzt. Da kam es, dass der Krüppel mit dem Freunde, der mit in seinem Schlosse wohnte, in einen Klub traten, dessen Mitglieder sich aus den verschiedensten Parteien rekrutierten. Der Freund geriet eines Abends mit einem stärkeren Mitglied in Streit, wurde in dem Duell geworfen und entwaffnet. Der Krüppel griff nach einem Schwert, durchbohrte den Feind des Freundes, wurde in Haft genommen und vor Gericht gestellt, über die Kerkerstrafe tröstete er sich hinweg mit der Hoffnung, reichlich Dank zu ernten von Braut und Freund, wenn ihm die Freiheit wieder winken würde. Er wurde schwer getäuscht; denn bevor die Haft zu Ende ging, war aus Braut und Freund ein Paar geworden.«

»Der Arme!«, rief Miss Vere.

»Die Wirkung dieses furchtbaren Schlages auf sein heißes Temperament kann ich Euch nicht beschreiben. Seine Verbitterung wuchs ins Maßlose. Es schien, als ob das letzte Tau, an welchem ein Schiff hängt, jäh risse: Aller Wut des wilden Sturmes fiel er anheim. Man brachte ihn unter ärztliche Aufsicht. Sein Freund, durch das ihm in den Schoß gefallene Glück verhärtet, durch die geschlossene Ehe in nahen Verwandtschaftsgrad zu ihm getreten, tat nicht bloß nichts, ihn aus dem Irrengefängnis zu befreien, sondern schürte, um den Genuss aus den ungeheuren Einkünften länger allein für sich zu haben, die Meinung, dass der Krüppel tatsächlich verrückt sei. Nur ein Mensch war noch da, der dem Krüppel alles verdankte und ihm in Dankbarkeit und Liebe zugetan war. Ihm gelang es, durch unaufhörliche Agitation dem Krüppel die Freiheit und den Wiederbesitz seiner Güter und seines Vermögens zu erringen. Das Gleichgewicht seiner Seele ließ sich indessen nicht wiederherstellen. Abwechselnd lebte er jetzt als Einsiedler oder als Pilger, von Abscheu erfüllt gegen alles, was Mensch heißt.«

»Alles, was Sie mir von dem Manne erzählen, Sir Ratcliffe«, bemerkte Miss Vere, »rechtfertigt noch immer nicht in meinen Augen die Kühnheit, ihm zu solch später Stunde in seiner Steinhütte einen Besuch zu machen.«

»Ich darf Euch«, antwortete Ratcliffe, »wiederholt auf das Feierlichste versichern, dass Ihr nicht die geringste Gefahr, weder an Leib noch an Seele, lauft. Was ich Euch aber bisher nicht sagen mochte, aus Furcht, Euch zu schrecken, darf ich Euch jetzt, da wir seinen Zufluchtsort sehen können, nicht länger verbergen: Ihr müsst jetzt allein vorwärts gehen!«

»Allein? Das getraue ich mir nicht!«

»Es muss sein«, fuhr Ratcliffe fort; »ich will hier bleiben und auf Euch warten.«

»Nicht weitergehen wollt Ihr mit mir?«, fragte Miss Vere. »Aber die Entfernung ist doch noch so groß, dass Ihr mich nicht hören könnt, wenn ich um Hilfe rufen sollte.«

»Seid ohne Furcht«, sagte ihr Führer; »aber achtet, jeden Ausdruck von Furchtsamkeit zu vermeiden! Bedenkt, dass sein Übermaß von Scheu und Willigkeit aus dem Bewusstsein seiner Hässlichkeit entspringt. Ein Pfad führt in gerader Linie dort an der halbgestürzten Weide vorbei. Haltet Euch links von ihr! Rechts liegt der Sumpf. Lebt jetzt wohl auf einige Zeit und seid des Unglücks eingedenk, das Euch droht und das, sollte ich meinen, Eure Furcht und Eure Bedenken beseitigen muss.«

»Sir Ratcliffe! Adieu!«, sprach Isabel. »Und solltet Ihr eine so unglückliche Dame wie mich getäuscht haben, dann wird mein Glauben an Rechtlichkeit und Ehrenhaftigkeit auf immer dahin sein.«

»Bei meinem Leben und meiner Seele«, rief ihr mit lauter Stimme Ratcliffe nach, »Ihr seid in Sicherheit!«

16.

Der Schall seiner Stimme erreichte ihr Ohr nicht mehr. Umso ermutigender war es für sie, wenn sie sich umsah, im Dämmerlicht seine Gestalt zu erblicken. Bald aber geriet dieselbe im Bereich der sich tiefer senkenden abendlichen Schatten aus ihrer Sehweite.

Im letzten Schimmer des Dämmerlichts erreichte sie die Hütte des Klausners. Zweimal griff sie nach der Tür, und zweimal ließ sie die Hand sinken; und als sie endlich klopfte, kam der Laut dem der Schläge im eignen Busen nicht gleich. Indessen wiederholte sie das Klopfen und jedes Mal lauter, denn die Furcht, des Beistands, von welchem Ratcliffe so viel erhofft hatte, nicht teilhaftig zu werden, begann die Bange vor der Gegenwart des Mannes, der ihr denselben leisten sollte, zu beseitigen. Als sie noch immer ohne Antwort blieb, rief sie den Klausner wiederholt bei dem von ihm angenommenen Namen und bat ihn zu antworten und das Tor seiner Hütte zu öffnen.

»Welches Wesen in Not«, fragte da die unheimliche Stimme des Einsiedlers, »bettelt hier um Zuflucht und Unterstand? Weiche von hinnen! Das Auerhuhn, das Unterschlupf braucht, sucht ihn nicht im Rabennest!«

»Vater, ich komme zu Euch in meiner Stunde des Unglücks«, sprach Isabel, »wie Ihr mir selber befählet. Allein ich fürchte? –«

»Ha«, rief der Einsiedler, »dann bist du Isabel Vere? Gib mir ein Zeichen, dass du es bist!«

»Zum Zeichen bring ich die Rose zurück, die Ihr mir gabt. Wie Ihr mir kündetet: Es ist ihr nicht Zeit geblieben zum Welken, so ist auch das harte Geschick, das Ihr voraussähet, über mich gekommen.«

»Und da du dein Wort so gelöst hast«, rief der Zwerg, »will ich das meinige nicht verwirken! Herz und Tor, sonst jedem Menschwesen verschlossen, sollen dir und deinem Kummer geöffnet sein.«

Sie hörte ihn in seiner Hütte hantieren: Er schlug Feuer an und schob einen Riegel zurück. Isabel klopfte das Herz hörbar. Dann tat sich das Tor auf, und der Klausner stand vor ihr, in der Hand eine eiserne Lampe, die die seltsame Gestalt mit den abstoßenden Zügen erhellte.

»Tritt herein, Tochter der Trübsal!«, lautete seine Rede. »Tritt herein in die Stätte der Trübsal!«

Isabel trat ein, vorsichtig und behutsam, von Angst beschlichen, als sie wahrnahm, dass der Klausner, sobald er die Lampe aus der Hand gesetzt hatte, das Tor seiner Hütte wieder durch Riegel sicherte. Aber sie blieb der Warnung Ratcliffes eingedenk und mühte sich, jeden Schein von Furcht zu unterdrücken. Die Lampe warf ein mattes, unsicheres Licht; der Klausner, seine Aufmerksamkeit gegen Isabel auf die Aufforderung, sich auf einen Schemel am Kamin zu setzen, beschränkend, steckte trocknen Stechginster in Brand, dessen Flackerlicht sogleich hellen Schein durch die Hütte warf. Neben dem Kamin stand ein hölzernes Gesims mit einigen Büchern und Bündeln getrockneter Kräuter, auch ein paar Trinkgeschirren und Tellern und Schüsseln; auf der andern Seite stand einiges Ackergerät und Werkzeug. Statt eines Bettes stand ein mit verwittertem Moos und trocknen Binsen bestreuter Holzrahmen an der einen Wand. Der gesamte Raum der Hütte innerhalb der Mauern maß bloß zehn Fuß in der Länge und sechs Fuß in der Breite. Das einzige Mobiliar der Hütte bestand in einem Tisch und zwei Stühlen aus groben Brettern.

Innerhalb dieses engen Raumes befand sich jetzt Isabel einem Wesen gegenüber, das nach dem, was sie von ihm wusste, nicht dazu angetan war, sie zu beruhigen, dessen unheimliche Gestalt mit dem abschreckenden Gesicht ihr einen fast abergläubischen Schreck bereitete. Er setzte sich ihr gegenüber, ließ die großen, langen und dichten Brauen über die scharfen schwarzen Augen fallen und blickte sie, wie durch eine Kette von widerstreitenden Empfindungen bewegt, lange Zeit hindurch an. Bleich wie der Tod saß Isabel auf der andern Seite der rohgezimmerten Tischplatte; ihr durch den feuchten Nebel in Strähnen gezogenes Haar fiel ihr über Brust und Schulter, gleich nassen Wimpeln, die nach dem Sturme am Maste klatschen.

Der Zwerg brach zuerst das Schweigen durch die jähe, abgerissene, einschüchternde Frage:

»Weib! Welch' böses Geschick lenkte deine Schritte hierher?«

Mit fester Stimme gab sie die Antwort:

»Meines Vaters Fährlichkeit und Euer Befehl!«

»Und Ihr erhofft von mir oder durch mich Hilfe?«, fragte der Zwerg mit der gleichen Stimme.

»Sofern Ihr mir Hilfe zu leisten vermögt, ja«, lautete, abermals fest und bestimmt, des Mädchens Antwort.

»Und wie sollte ich die Kraft hierzu besitzen?«, fragte der Zwerg weiter mit bitterm Hohne. »Ist meine Gestalt denn die eines dem Recht zum Recht, dem Unrecht zu Unrecht helfenden Ritters? Ist denn meine Hütte ein Schloss, in welchem ein Mächtiger thront, imstande, einem bittenden Weib, das sich ihm naht, Hilfe zu leisten? Mädchen, als ich sagte, ich würde dir helfen, da habe ich – deiner gespottet.«

»Dann muss ich die Füße von hinnen heben und meinem Schicksal, soweit ich vermag, trotzen.«

»Nein«, sprach hierauf der Zwerg, zwischen Mädchen und Tür tretend und mit finstrer Gebärde sie auf ihren Sitz zurückdrängend, »nein! Mit solchen Worten sollt Ihr nicht von mir gehen! Lasst uns weiter zusammen sprechen! Weshalb sollte ein Wesen eines andern Wesens Hilfe heischen? Warum sollte nicht jeder sich selber genug sein? Blick um dich! Ich bin verachtet von allen und habe von niemand Mitleid oder Hilfe begehrt. Mit eignen Händen habe ich diese Steine aufeinander geschichtet, mit eigner Hand dies Gerät geformt, und mit dem da« – er legte mit trotzigem Blick die Hand auf den langen Dolch, den er stets unter dem Kleide trug und jetzt so weit aus der Scheide zog, dass die Klinge im Flackerlichte des Ginsterfeuers glitzerte – »mit dem da kann ich, wenn Not am Manne ist, das Lebenslicht in solch armseligem Rumpfe wie dem meinigen gegen den schönsten und stärksten Mann verteidigen, der mir mit Gewalt droht!« Nur mit höchster Anstrengung hielt Isabel einen Angstruf zurück; indes gelang es ihr noch, ihrer Furcht Herrin zu werden. »So ist das Leben in der Natur!«, fuhr der Klausner fort. »Sich selbst genügend, auf sich selbst gewiesen, von niemand abhängig. Der Wolf ruft, seine Höhle zu bauen, nicht seinesgleichen zum Beistand, und der Geier, will er auf Beute niederfahren, nicht seinesgleichen zur Mitfahrt.«

»Und wenn sie sich selber nicht ausreichen und sich Hilfe nicht schaffen können«, fragte Isabel, scharfsinnig erwägend, dass er am ehesten Gründen zugänglich sein werde, die ihm in seinem bilderreichen Stil vorgeführt würden, »welcher Art ist dann ihr Schicksal?«

»Lasst sie sterben gehn, wenn sie hungrig sind – und in Vergessenheit fallen, wenn sie tot sind!«

»Das Los der wilden Naturgeschlechter«, sagte Isabel, »und vornehmlich solcher, die vom Raube zu leben bestimmt wurden, der einen Teilnehmer nicht verträgt; aber nicht allgemeines Naturgesetz, denn selbst niedere Tiere schließen Bündnis zu wechselseitiger Wehr. Das Menschengeschlecht aber würde dem Untergange geweiht sein, wollte der eine Mensch dem andern den Beistand versagen. Von dem ersten Augenblicke an, da die Mutter dem neugeborenen Kinde den Nabel abbindet, bis hin zu jenem andern Augenblicke, da ein lieber Freund dem Sterbenden den Todesschweiß von der Stirn wischt, können wir ohne wechselseitige Hilfe nicht leben. Und deshalb besitzen alle, die der Hilfe bedürfen, ein Recht darauf, Hilfe zu heischen, und kein Nebenmensch, der die Macht hat, Hilfe zu leisten, darf, ohne sich schuldig zu machen, erbetene Hilfe weigern.«

»Und mit solch einfältiger Hoffnung, Mädchen«, fragte der Einsiedler, »bist du, mich aufzusuchen, in diese Ödenei gekommen? Mich, einen Krüppel von Menschen, der keinen andern Wunsch mehr kennt, als dass alle Verbindung zwischen Mensch und Mensch aufhören, dass das ganze Geschlecht umkommen möge im wahren Sinne des Wortes? Hast du dich nicht gefürchtet, den Fuß hierher zu setzen?«

»Das Elend ist der Mörder der Furcht«, versetzte fest und bestimmt das Mädchen.

»Hast du in deiner sterblichen Welt nie davon gehört, dass ich im Bunde sei mit andern Mächten? Dem Menschengeschlecht so feindlich gesinnt wie ich? Kam solche Rede nie zu deinen Ohren? Und du suchst meine Zelle auf zu mitternächtlicher Stunde?«

»Das Wesen, das ich verehre und anbete, schützt und hütet mich vor eitler Furcht!«, sprach Isabel. Aber das Wallen ihres Busens strafte den erzwungenen Mut, von dem ihre Lippen sprachen, schmählich Lügen.

»Haha«, lachte der Zwerg, »du prahlst mit Philosophie? Hast du denn aber die Gefahr nicht bedacht, dass du dich, jung und schön, der Gewalt eines Wesens anvertrauest, das die Menschheit so tief, so unsäglich tief hasst, dass es sein einziges Vergnügen findet in Entstellung und Entweihung ihrer schönsten Werke?«

Isabel, wenngleich erschrocken, gab mit der Festigkeit früherer Einrede zur Antwort:

»Welch Unrecht Ihr auch in der Welt erlitten haben mögt, so könnt Ihr es doch nicht rächen wollen an mir, denn ich habe weder Euch noch andern jemals mit Absicht ein Unrecht angetan.«

»Mädchen«, sagte hierauf der Zwerg, und aus seinen Augen leuchtete helle Bosheit, die sich auf seine wilden, hässlichen Züge übertrug, »Rache ist die hungrige Wölfin, die nur darauf sinnt, Fleisch zu zerreißen und Blut zu lecken. Meinst du, die Wölfin kehre sich dran, wenn das Lamm sich auf seine Unschuld beruft?«

»Mann«, rief Isabel, aufstehend, mit edler Würde, »mich schrecken die grausen Bilder nicht, die Ihr mir entrollt, um Eindruck bei mir zu wecken; ich weise sie zurück voll Verachtung. Wenn Ihr sterblich seid so wenig, wie wenn Ihr ein böser Geist seid, würdet Ihr je einem unglücklichen Weibe schaden, das als Bittende Euch naht in seiner äußersten Not? Das werdet Ihr nicht, und das wagt Ihr Euch nicht!«

»Du redest die Wahrheit, Weib«, antwortete der Klausner, »das wage ich nicht, und das tue ich nicht! Kehr um und heim! Fürchte nicht, womit man dir droht! Du hast Schutz bei mir gesucht – und Schutz soll dir werden durch mich!«

»Aber, Vater! Ich habe drein gewilligt, noch heute Nacht dem Manne mich zu vermählen, den ich verabscheue – wofern nicht mein Vater zugrunde gehen soll.«

»Noch heute Nacht? Zu welcher Stunde?«

»Vor Mitternacht.«

»Zwielicht ist schon vorüber«, sprach der Zwerg; »indessen sei unbesorgt: Die Zeit genügt zu deinem Schutze.«

»Und mein Vater?«, fragte in bittendem Tone Isabel.

»Dein Vater«, antwortete der Zwerg, »war mein bitterster Feind und ist es noch heut. Aber sei unbesorgt! Deine Tugend soll ihn retten. Nun aber geh! Wollte ich dich länger bei mir behalten, so könnte ich zurückfallen in die törichten Träume von Menschengüte und Menschenhochsinn, aus denen ich ehedem so schrecklich gerissen wurde. Du aber fürchte nichts; und stündest du am Altare, so würde ich dich von ihm reißen! Leb wohl, Mädchen, die Zeit drängt, und ich muss handeln.«

Er führte sie zum Tor seiner Hütte und öffnete es, sie herauszulassen. Sie bestieg ihr Ross, das innerhalb des Zaunes geweidet hatte, und trieb es im matten Schein des aufsteigenden Mondes an den Platz, wo Ratcliffe noch weilte.

»Habt Ihr Erfolg gehabt?«, war seine erste hastige Frage.

»Versprechungen erhielt ich von dem Manne, zu dem Ihr mich sandtet. Wie aber wird und kann er sie erfüllen?«

»Gedankt sei Gott«, rief Ratcliffe, »und nun zweifelt nicht an seiner Fähigkeit zu erfüllen, was er versprochen.«

Da ertönte ein schriller Pfiff über die Heide.

»Er ruft mich – horch!«, rief Ratcliffe. »Miss Vere! Reitet nach Haus zurück! Lasst die Hinterpforte zum Garten offen! Zu der Tür, die zur Hintertreppe führt, habe ich den Schlüssel.«

Ein zweiter Pfiff, noch schriller als der erste!

»Ich komme – ich komme!«, sprach Ratcliffe, gab seinem Ross die Sporen und ritt über die Heide in der Richtung, wo des Klausners Hütte lag.

Miss Vere schlug den Rückweg nach dem Schlosse ein. Die Angst, die ihr das Herz schnürte, und das Feuer ihres Rosses gaben ihrem Ritte Flügel.

Sie gehorchte, ohne Ahnung von ihrem Zweck, Ratcliffes Weisungen, ließ ihr Pferd auf einem eingehegten Platz im Garten äsen und eilte in ihr Gemach hinauf, das sie unbemerkt erreichte. Nun klingelte sie und befahl Kerzen zu bringen. Zugleich mit dem Diener, der ihren Befehl ausführte, erschien ihr Vater.

»Zweimal während der verwichnen zwei Stunden«, sagte er, »habe ich an deiner Tür gehorcht, Tochter. Da ich nichts vernahm, besorgte ich, du seiest krank.«

»Erlaubt mir, Vater, mich auf das Versprechen zu berufen, das Ihr mir gabt«, erwiderte Miss Vere; »lasst mir die letzten freien Augenblicke zu unbehelligtem Genusse! Lasst mir die gewährte Frist bis zum letzten Augenblicke!«

»Es sei«, antwortete der Vater; »du sollst nicht gestört werden. Aber diese geringe Kleidung, dies wirre Haar – wenn ich dich rufe, Kind, so darfst du in solchem Zustande nicht kommen. Freiwillig muss das Opfer gebracht werden, soll es heilsam sein.«

»Wohlan, Vater! Muss es so sein, dann seid ohne Sorge! Das Opfer wird sich schmücken!«

17.

Die Kapelle im Schlosse Ellieslaw, in welcher die unselige Vermählung zur Vollziehung gelangen sollte, war ein Bauwerk von noch höherem Alter als das Schloss selbst, das doch bereits in die grauen Jahrhunderte schottischer Kultur hinaufreichte. Vor Ausbruch der fortdauernden, langwierigen Grenzkriege zwischen den in England seit Hengist und Horsa sässigen Angelsachsen und den in Schottland ursässigen Kelten, in deren Folge alle Grenzhäuser zu Vesten sich wandelten, hatten in Ellieslaw Mönche, zur reichen Abtei von Jedburgh gehörig, ihre Niederlassung gehabt; durch die Wandlungen, die der ewige Grenzkrieg mit sich brachte, war aber das Kloster verwüstet und an Stelle desselben ein Feudalschloss aufgeführt worden; bloß die Kapelle war erhalten und als Zubehör des Schlosses von einem Mauerringe umschlossen worden. Der Bau der Kapelle zeigte in seiner Ureinfachheit, in den massigen Pfeilern und Schwibbogen den angelsächsischen Baustil in seiner ersten Periode. Eine düstere Stätte, umso düsterer, als sie, gleichwie vordem von den Mönchen, auch später von den Schlossherren als Begräbnisstätte benützt wurde. Zurzeit wurde die Düsternis der Kapelle durch den Kontrast von Fackelschein zu verstärktem Ausdruck gebracht. Zum Vollzug der kirchlichen Feier war die Kapelle mit Hast geschmückt worden. Alte Gobelins, Szenen aus der düstern Ahnengeschichte der Lairds von Ellieslaw vorstellend, waren aus den Schlossgemächern entfernt und hier aufgehängt worden bald neben, bald über und unter den Wappenschildern und Emblemen der in ihren Särgen in der Kapellengruft schlummernden Toten. Zu beiden Seiten des steinernen Altars standen Denkmäler, in sonderbarem Gegensatze zueinander gehalten. Auf dem einen erhob sich die Gestalt eines finstern Mönchs oder Klausners, mit Kapuze und Skapulier, das Antlitz im Gebet aufwärts gewandt, und die Hände, von denen Rosenkränze niederhingen, über die Brust gefaltet. Ihm gegenüber stand ein Grabmal im italienischen Stile, ein schönes Werk der Plastik und ein Muster der neueren Kunst, zum Andenken errichtet an Isabels Mutter, die verstorbne Frau Vere von Ellieslaw, die durch dasselbe mit dem Tode ringend dargestellt wurde, während ein weinender Cherub mit abgewendeten Augen eine schwach brennende Lampe, als sinnbildliche Darstellung ihres schnellen Hintritts in das ewige Leben, verlöschte.

Das ganze Bild, das die Kapelle bot, wurde durch ein paar qualmige Fackeln erhellt, die den Raum in ihrem Bereich mit hellem, gelbem Schein erfüllten, um dessen äußeren Ring sich ein Rand von tiefpurpurner Färbung schloss. Jenseits davon zog sich die Weite der Kapelle, da dem Auge die Grenzen nicht erreichbar waren, scheinbar vergrößernd, rings tiefe Finsternis.

Vor den beiden Standbildern hatten sich die Hochzeitsgäste versammelt, der Zahl nach wenig, denn viele hatten das Schloss verlassen, um Zurüstungen zu der geplanten Erhebung zu treffen; anderseits war bei den obwaltenden Umständen die Kürze der Frist ein unbedingtes Hindernis gegen die Ladung all jener nahen Verwandtschaft, deren Anwesenheit sonst, der Sitte von Land und Geschlecht gemäß, ein ebenso unbedingtes Gebot gewesen wäre.

Dem Altar zunächst stand Sir Frederick Langley, finstrer, mürrischer, tiefer in Gedanken versunken als sonst. Neben ihm stand Mareschal, in der Rolle eines Brautführers, dessen unbeirrte Lebensfreudigkeit und kräftige Zuversicht die über der Stirn des Bräutigams lagernde Wolke noch verdüsterten.

»Die Braut hat ihr Gemach noch nicht verlassen«, flüsterte er dem Bräutigam zu, »hoffentlich brauchen wir nicht zu den gewaltsamen Mitteln der Römer greifen, dem Weibermangel abzuhelfen, von denen man in der Schule liest. Für meine hübsche Base wäre es eine harte Sache, wenn mit ihr zweimal in zwei Tagen durchgegangen werden müsste, wenn ich auch sonst kaum ein Weib kenne, das würdiger solch gewaltsamer Werbung wäre als sie!«

Sir Frederick bemühte sich, sein Ohr solchen Worten zu verschließen dadurch, dass er hinwegsah und eine Melodie summte. Aber Mareschal setzte seine Nadelstiche fort.

»Dem Pfaffen fällt es scheinbar auch recht sauer, sich von seiner dritten Flasche zu trennen. Wie kann man auch einem solchen Epikuräer zumuten, jemand zu kopulieren, wenn er beim Pokulieren sitzt?! Ihr werdet ihn doch wenigstens vor einem Rüffel seiner Obern schützen, Sir Frederick? Denn meines Wissens ist er zu solcher Zeit und Stunde nicht mehr verpflichtet, seines geistlichen Amtes zu walten. Doch da kommt ja der Laird mit meinem hübschen Bäschen – schöner als sonst, meine ich, wenn auch recht schwach und totenbleich – das lasst Euch gesagt sein, Herr Ritter: Erklingt ihr Ja nicht froh und ungezwungen, dann wird nichts aus der Hochzeit, ganz gleichgültig was bisher vorgegangen!«

»Nichts aus der Hochzeit, Herr?«, zischelte Sir Frederick, aber so grimmig, dass dem andern kein Zweifel blieb, wie schwer es dem Bräutigam wurde, seinen Zorn zu meistern.

»Nein – nichts aus der Hochzeit und nichts aus dem Brautbett!«, versetzte, zischelnd, gleich ihm, Sir Mareschal. »Hierauf verpfände ich Hand und Handschuh!«

Sir Frederick fasste die Hand und zischelte leiser, doch umso grimmiger: »Dafür sollt Ihr mir Rede stehen, Mareschal!«

»Gern und willig«, versetzte der andre; »niemals nahm ein Wort den Weg über meine Lippen, für das meine Hand nicht einstand! Drum sprecht, meine hübsche Base«, rief er mit lauter Stimme, »ist es Euer freier Wille und unbefangener Entschluss, diesen tapfern Ritter als Herrn und Gemahl zu nehmen? Denn hegt Ihr hierüber auch nur die geringste Bedenklichkeit, dann tretet zurück, ohne Zaudern! Dann hat er nicht Anspruch auf Euch und soll Euch als Weib nicht besitzen!«

»Seid Ihr von Sinnen, Mareschal?«, rief Ellieslaw, der als einstiger Vormund des jungen Ritters sich noch oft ein überlegenes Wort gegen ihn herausnahm. »Meint Ihr, ich möchte mein Kind vor den Altar schleppen, sofern sie den Weg nicht freiwillig machte?«

»Still, Ellieslaw«, versetzte der junge Ritter; »redet mir nicht vom Gegenteil! Meiner Base Augen sind mit Tränen gefüllt und die Farbe ihrer Wangen weißer denn ihr weißes Kleid. Ich muss darauf bestehen um der schlichtesten Rücksicht auf Menschlichkeit willen, dass die Feier um einen Tag verschoben werde.«

»Sie wird es dir selber sagen, unverbesserlicher Grünschnabel«, rief der Laird, dessen Zorn jetzt überschäumte, »was sie will und was sie nicht will. Misch dich nicht in Dinge, die dich nichts angehen! Meine Tochter wird dir selber sagen, dass es ihr Wunsch ist, dass die Feier in Vollzug trete. Sprich, Isabel, ist dies dein Wille?«

»Ja, es ist mein Wille«, antwortete sie halb ohnmächtig, »da sich Hilfe ja doch nicht, weder von Gott noch von Menschen, erhoffen lässt.«

Bloß die erste Hälfte dieses Satzes war hörbar. Achselzuckend trat Mareschal zurück. Ellieslaw reichte der Tochter den Arm zum Weg zu den Stufen des Altars; Sir Frederick trat vor und ihr zur Seite; der Geistliche schlug sein Gebetbuch auf und blickte auf Sir Vere, um von dessen Lippen das Zeichen zum Beginn der Handlung zu hören.

»So fanget an!«, sprach dieser feierlich.

Aber eine Stimme, dem Schein nach dem Grabe seiner verstorbnen Gemahlin entsteigend, mit schrillem Klange und widerhallend aus jedem Winkel der gewölbten Kapelle, rief:

»Haltet inne!«

Alles stand stumm und regungslos. Da ließ sich von den entfernter liegenden Gemächern herüber Geräusch vernehmen wie Degengeklirr, das aber fast ebenso schnell wieder verstummte.

»Was geht da von Neuem vor?«, rief trotzigen Tones Sir Frederick, indem er den Laird und Mareschal mit Blicken voll Bosheit und Argwohn maß.

»Das kann nur Scherz von Trunkenbolden sein!«, antwortete, obgleich er selber weit über den Durst getrunken hatte, der Laird. »Bei solchem Übermaß von Tafelfreuden, wie sie der heutige Abend mit sich gebracht hat, müssen wir Nachsicht walten lassen ... Vollzieht die feierliche Handlung!«, wandte er sich nun an den Pfarrer.

Aber ehe der Geistliche gehorchen konnte, dröhnte vom gleichen Orte herüber das gleiche Verbot: »Haltet inne!« Die weiblichen Gäste flohen kreischend aus der Kapelle. Die Männer legten die Hand an den Degen. Noch ehe der Schrecken sich gelegt hatte, trat hinter dem Grabdenkmal hervor der Klausnerzwerg und stellte sich vor Sir Vere. Solch seltsame, grausige Erscheinung unter solchen Umständen an solchem Orte übte auf alle Anwesenden ein furchtbares Entsetzen, den Gutsherrn von Ellieslaw aber schien sie zu vernichten: Er ließ seinem Kinde den Arm frei und wankte zum nächsten Pfeiler hinüber, den er als Halt und Stütze mit den Armen umschlang, an dessen Steine er die Stirn legte.

»Was ist das für eine Scheuche?«, rief wild Sir Frederick. »Und was hat seine zudringliche Gegenwart hier zu sagen?«

»Jemand ist es, der dir zu sagen kommt«, versetzte der Zwerg mit aller ihm eigentümlichen Herbigkeit, »dass du, falls du dich dieser Dame hier vermählst, dich weder vermählst mit der Erbin von Ellieslaw, noch mit der Erbin von Mauleyhall und Polverton, noch dass du durch solche Heirat eine Furche Landes gewinnen wirst, sofern die Vermählung nicht stattfindet mit meiner Einwilligung, und meine Einwilligung wirst du nimmer erhalten, unter keinen Umständen erhalten, gleichviel wie sich dieselben auch jemals fügen sollten! Nieder auf die Knie! Und sei dem Himmel dankbar dafür, dass du verhindert wurdest, dich einem Wesen zu vermählen, mit dessen edlem Wesen, mit dessen Tugend und Unschuld du nichts zu schaffen hast! ... Und du, elendes, undankbares Subjekt«, wandte der Zwerg sich nun an den Laird, »was bringst du nun als Ausflucht vor? Die Tochter wolltest du verschachern, weil du dir eine Gefahr vom Halse schaffen musst? Verschachern wolltest du sie, wie du sie umgebracht hättest, verschlungen hättest aus Hunger, um dir das eigne Jammerleben zu erhalten! – Ha, verbirg dein Gesicht hinter deinen Händen! Freilich, freilich! Grund zum Erröten hast du, in reichem Maße, wenn du demjenigen in die Augen siehst, dessen Leib du einst in Ketten schlugst, dessen Hand du der Blutschuld, dessen Seele du der Hölle überliefertest! Noch einmal ist dir Rettung geworden durch die Tugend jenes einzigen Wesens, das dich Vater ruft. Heb dich hinweg! Und mögen dir die Wohltaten, die du durch mich geerntet, die Verzeihung, die ich dir spendete, zu feurigen Kohlen werden, bis dein Gehirn versengt ist gleich dem meinigen!«

Von Verzweiflung übermannt, wankte Laird Ellieslaw lautlos aus der Kapelle.

»Geht ihm nach, Hubert Ratcliffe«, sprach der Zwerg, »und gebt ihm bekannt, was ihm das Schicksal hinfort bestimmt! Zu seiner Freude, denn ihm gilt es als Glück, die Luft zu atmen und Gold zwischen den Fingern zu fühlen.«

»Mir ist das Ganze ein Buch mit sieben Siegeln«, rief Sir Frederick Langley; »wir stehen hier, eine Schar von Edelleuten, in Waffen für König Jakob und dessen Gewalt! Seid Ihr in der Tat jener Sir Edward Mauley, der so lange schon als verstorben im Irrenhause galt? Oder seid Ihr ein Betrüger, der Sir Edward Mauleys Namen und Titel sich aneignet? Um das festzustellen, nehme ich Euch in Haft, und in meiner Haft sollt Ihr bleiben, bis Ihr über Eure Erscheinung an solchem Ort und zu solcher Stunde bessere Rechenschaft gegeben habt! Wir wollen keinen Spion in unsrer Mitte. Ergreift ihn, Diener!«

Diese aber fuhren, von Zweifel und Bange ergriffen, zurück. Da schritt Sir Frederick selbst auf den Klausnerzwerg zu, um Hand auf ihn zu legen – wurde aber durch die blitzende Spitze einer Partisane zum Halt genötigt, die durch die derbe Faust Hobbie Elliots gegen seine Brust geführt wurde.

»Das Tageslicht soll Euch durch die Knochen scheinen, sofern Ihr einen Schritt weiter gegen ihn tut!«, rief der kräftige Grenzer. »Niemand soll einen Finger heben gegen Elshie, der ein kluger Mann und ein getreuer Nachbar ist und stets bereit, einem Freunde zu helfen. Und seht Ihr ihn auch an für einen Krüppel, so verlasst Euch doch drauf, dass er Euch das Blut aus den Nägeln kratzt: Einen Widder setze ich für mein Wort zum Pfande! Elshie presst schärfer als Schrauben!«

»Wer hat Euch hergerufen, Elliot, dass Ihr Euch mischt in die Händel von Edelleuten?«, fragte jetzt Mareschal den Grenzer.

»Fürwahr, Mareschal Wells«, antwortete hierauf Hobbie, »das zu sagen fällt leicht! Mit zwanzig bis dreißig Leuten weile ich hier, und mehr im Namen der Herrscherin über englisches und schottisches Land und über Schotten und Engländer als aus eignem Willen, als um selbst erlittenes Unrecht zu sühnen, aber mit Wissen und Willen des klugen Elshie, der dem Lande den Frieden erhalten will. Ihr braucht die Hand nicht an den Degen zu legen, ihr Herren, denn das Schloss ist bereits unser ohne viel Lärm, zumal Tor und Türen offen und eure Mannen des Punsches voll waren und wir ihnen Degen und Pistolen nehmen konnten so leicht als gelte es Erbsen zu zählen.«

Mareschal stürzte aus der Kapelle hinaus, kam aber im Nu wieder zurück.

»Beim Himmel, Sir Frederick! Was der Mann spricht, ist wahr! Das Haus wimmelt von Bewaffneten, und unser trunkenes Gesinde ist entwaffnet. Den Degen gezogen! Wir schlagen uns durch!«

»Nicht zu flink!«, rief Hobbie Elliot. »Höret erst, was ich sagen will! Es liegt uns ferne, Euch ein Leid anzutun. Aber da Ihr für König Jakob, wie Ihr den Prätendenten nennt, und für die Bischöflichen in Waffen steht, hielten wir es für recht und geboten, die alte Fehde wachzurufen und für das andre Königshaus und unsre Kirche aufzustehen. Kein Haar soll Euch gekrümmt werden, sofern Ihr Euch ruhig nach Hause verfügt: Was für Euch das Beste ist, was Ihr tun könnt, denn es ist sichere Kunde aus London da, dass Bang oder Byng, wie Ihr den Admiral nennt, die Schiffe Frankreichs mit dem neuen König von der Küste vertrieben hat. Also ist es schon, da Ihr einen andern Herrscher zur Stunde nicht haben könnt, am besten und klügsten, Ihr bescheidet Euch, gleich uns, mit unsrer alten Anna!«

Ratcliffe trat ein und bestätigte diese für die Jakobiten so ungünstige Meldung. Sir Frederick verließ mit seinen Begleitern auf der Stelle das Schloss, ohne sich bei irgendwem zu verabschieden.

»Und Ihr, Mareschal«, fragte Ratcliffe, »was gedenkt Ihr zu tun?«

»Hm«, machte der junge Ritter mit lächelnder Miene, »dem Beispiel dieses edlen Bräutigams zu folgen, dazu ist mein Mut zu groß und mein Vermögen zu klein! Dergleichen ist nicht nach meiner Natur und lohnt nicht der Mühe.«

»Wohlan! Dann zerstreut Eure Leute und verhaltet Euch ruhig! Man wird aus der Sache kein Aufhebens machen, da es ja zu offenem Aufruhr nicht gekommen ist.«

»Alles Vergangene«, fügte Hobbie Elliot den Worten Ratcliffes bei, »soll vergessen sein! Seien wir die alten Freunde wieder! Ich hege gegen niemand Groll als gegen Westburnflat, der mir jüngst solch böse Morgensuppe, mit Vorwissen Ellieslaws, wie ich hier feststelle, einbrockte; dem ich aber das Fell schon heiß und kalt dafür gegerbt habe. Kaum drei Schläge hatte mein Pallasch mit dem seinigen gewechselt, als er durch das Fenster in den Schlossgraben sprang und sich hindurcharbeitete wie eine wilde Ente. Ein geschickter Patron, das muss man sagen! Brennt durch am Morgen mit einem hübschen Mädchen und in der Nacht drauf mit einem andern! Brennt er aber nicht noch selber durch und schüttelt Englands Staub von den Füßen, so lasse ich ihn noch am Stricke tanzen, denn mit der Zusammenkunft in Castleton, die er mit solcher Schlauheit in Vorschlag brachte, ist es aus, da seine Freunde ihm nicht mehr Beistand hierzu leihen wollen.«

Während der Verwirrung, die durch Hobbie Elliots Erscheinen entstand, hatte sich Isabel dem Klausnerzwerg, den wir hinfort mit dem ihm gebührenden Namen Sir Edward Mauley nennen müssen, zu Füßen geworfen, um ihm ihren Dank zu stammeln und Vergebung für ihren Vater zu erflehen. Als es ruhiger in der Kapelle wurde, begannen aller Augen sich auf sie zu richten, die am Grabe der Mutter kniete und mit der bildlichen Darstellung von Gestalt und Gesichtszügen der Mutter so außerordentliche Ähnlichkeit aufwies und dem Klausnerzwerg, Sir Mauley, die Hand mit Küssen und Tränen bedeckte.

Starr und mit Tränen unter den dichten Wimpern, die er vergeblich durch die vorgehaltne Hand zu verbergen suchte, stand Sir Mauley vor ihr, die Blicke bald auf sie, bald auf die marmorne Figur auf dem Denkstein gerichtet.

»Tränen, meinte ich, hätten seit Langem nichts mehr gemein mit mir«, sprach er, »aber wir vergießen sie bei unsrer Geburt, und ihre Quelle versiegt erst, wenn wir im Grabe liegen. Kein Schmerz aber soll mich wankend in meinem Entschlusse machen! Hier trenne ich mich zugleich und auf immer von allem, dessen Erinnerung« – er kniete auf das Grabmal – »mir wert und teuer war, und dessen Nähe« – er umschloss Isabels Hand – »mir lieb und wert ist und lieb und wert bleibt! Sprecht nicht mit mir und lasst alle Versuche sein, mich umzustimmen – sie würden zu nichts helfen, denn Ihr sollt nicht länger mehr etwas hören oder sehen von diesem hässlichen Monstrum! Tot will ich sein für Euch alle, bevor ich in das Grab steige, aber als eines Freundes, der befreit ist von allem Verbrechen und allem Leiden des irdischen Daseins, sollt Ihr meiner gedenken!«

Er küsste Isabel auf die Stirn, kniete neben der steinernen Figur nieder und drückte ihr einen andern Kuss auf die Stirn. Dann verließ er, von Ratcliffe begleitet, die Kapelle.

18.

Am andern Morgen wurde es in dem Schlosse, in welchem nachts über der wackre Grenzer Elliot mit seinen Mannen die Wacht gehalten hatte, beizeiten lebendig; Westburnflat, der mit dem Schleichhändler von Newcastle aus dem Schlosse gewichen war, sobald Elshie sich gezeigt hatte, trotze, so hieß es, in seinem Turme der ganzen Sippe, die den Namen Elliot führe, und lasse sie fordern zum Kampfe. Nach Heugh-foot, wo sich schon eine beträchtliche Schar von Verwandten und Freunden Hobbies zusammengefunden, brach dieser jetzt auf. Aber der Turm war leer, als sie kamen, und Westburnflat selber schon unterwegs nach Frankreich, wo er vor Hobbies Grimm sicherer war, sich bei Marlboroughs Heer anwerben ließ und um seiner Verdienste willen für geschickte und rasche Verproviantierung der Söldner durch allerhand Raubzüge zum Leutnant befördert wurde, auf diesen Raubzügen auch Geld und Gut für sich zusammenbrachte, nach England zurückkam, den alten Turm von Westburnflat niederreißen ließ und an seiner Stelle ein drei Stock hohes schmales Wohnhaus errichtete, in welchem er, wie noch heute auf seinem Grabstein in Kirkwhistle zu lesen steht, nach mancherlei Fehde mit seinen Nachbarn und reichlichem Bier- und Schnapsgenuss im Besitz der Eigenschaften eines tüchtigen Soldaten und ehrlichen Christen eines natürlichen Todes gestorben ist.

Miss Isabel Vere empfing am Morgen nach der schreckensvollen Nacht den Besuch Sir Ratcliffes, der ihr ein Schreiben ihres Vaters brachte, in welchem derselbe ihr mitteilte, dass er es, um des eignen und auch ihres Friedens willen, für geraten erachtet habe, England mit Frankreich zu vertauschen, dass er sich von ihrer Seite des besten Einsehens und aller Nachsicht betreffs seines Verhaltens in den letzten Wochen ihres Zusammenlebens versichert halte, dass er ihr Schloss und Gut Ellieslaw als unveräußerliches Besitztum verschreibe mit der Verpflichtung, sich über alle Hypotheken, die Sir Hubert Ratcliffe auf Schloss und Gut geliehen habe, im gütlichen Wege zu verständigen, schließlich dass er, da sie auf solche Weise in den Genuss bedeutender Einkünfte noch zu seinen Lebzeiten gelange, von ihr dasjenige ausgesetzt zu erhalten hoffe, was ihm selber im Alter zur Lebensführung vonnöten sei, und deshalb auf ein Angebot Sir Edward Mauleys, ihm einen beträchtlichen Jahresgehalt für die Dauer seines Aufenthalts im Auslande auszusetzen, mit dem Stolz verzichtet habe, der ihm einem Manne gegenüber, zu dem ihn das Schicksal in viele trübe Verhältnisse gesetzt habe, ohne dass aber andere als ihn selber irgendwelche Schuld dabei träfe, als Selbstpflicht erscheine.

»Und Sir Mauley?«, fragte Isabel, als sie den Brief des Vaters gelesen und von Sir Ratcliffe vernommen hatte, dass dieser schon auf dem Wege nach dem Hafen sei, um sich nach Frankreich einzuschiffen.

Den Klausnerzwerg hatte niemand mehr im Schlosse gesehen.

»Ich glaube, wir haben den weisen Elshie auf ewig verloren«, sprach Hobbie, als er am Spätnachmittag von seiner Streife zurückkehrte, die ihn bei der Steinhütte vorbeigeführt hatte. »Die Tür seiner Hütte stand offen, das Feuer war erloschen, die Ziege kam mir blökend entgegen, denn die Zeit, da er sie zu melken pflegt, war lange vorbei. Von ihm selber keine Spur! Nicht die geringste!«

»Es ist, wie Ihr vermutet, Hobbie Elliot«, sagte Ratcliffe, ihm eine Urkunde überreichend; »Sir Mauley weilt nicht mehr dort. Leset das Schriftstück: Ihr werdet aus dem Inhalt sehen, dass Ihr durch Eure Bekanntschaft mit ihm nichts eingebüßt habt.«

Das Schriftstück war eine Schenkungsurkunde, in welcher Sir Edward Mauley, früher bekannt unter dem Namen Elshender der Klausner, Halbert oder Hobbie Elliot und seiner Frau Grace, gebornen Armstrong, die volle Summe als Geschenk überwies, die er ihm zum Wiederaufbau von Haus und Hof als Darlehn ausgefolgt hatte.

In Hobbies Freude mischten sich Tränen, die ihm in dicken Tropfen über die rauen Wangen rollten.

»Seltsam«, sprach er, »so recht aus Herzensgrund kann ich mich nicht freuen, solange ich den edlen Mann, der mich so reich machte, nicht gleichfalls glücklich weiß.«

»Das Bewusstsein, andere glücklich gemacht zu haben«, versetzte Ratcliffe, »kommt eignem Glück am nächsten. Wer Wohltaten spendet ohne rechtes Urteil, übt niemals Gutes und wird niemals Dank finden, denn er sät Wind, um Sturm zu ernten.«

»Das wäre schlimme Ernte«, erwiderte Hobbie, »aber mit Veres gütigem Verlaub möchte ich gern Elshies Bienenstöcke mitnehmen und in dem Blumengarten meiner Frau aufstellen. Eingeräuchert sollen sie dort nie von uns werden. Auch die arme Ziege würde verkommen, wenn sie allein in der Hütte bliebe. Bei uns soll sie ihr Futter haben, und Grace mag sie täglich melken. Um Elshies willen stelle ich diese Bitte, denn er hatte die stummen Geschöpfe, wenn er auch mürrisch war, ja immer gern.«

Was der wackre Grenzer bat, wurde ihm gern gewährt, nicht ohne Verwunderung über die Feinfühligkeit seines Temperaments, die sich auf solche Weise an ihm offenbarte. Hobbie Elliot lebte hinfort so glücklich in Heugh-foot, wie er's durch seine Ehrlichkeit und Zärtlichkeit und auch durch seine Tapferkeit verdiente.

Zwischen Isabel und Earnscliff waren nun alle Hindernisse beseitigt, und die Höhe der Einkünfte, die dem jungen Paar im Auftrag Sir Edward Mauleys durch Ratcliffe überwiesen wurden, hätte sogar die Habgier des alten Laird Ellieslaw zu stillen vermocht. Seine Gattin aber ebenso wie Sir Ratcliffe erachteten es für unangebracht, Earnscliff darüber aufzuklären, dass ein wichtiger Beweggrund bei der Verfügung über sein Vermögen zugunsten von ihm und seiner Frau die Rücksicht auf die blutige Tat war, durch die Earnscliffs Vater vor Jahren sein Leben eingebüßt hatte. Jahre zogen hin über dem jungen Paare, aber eines derselben war immer glücklicher als das andere, und eine fröhliche Schar von Nachkommen freute ihr Alter.

Mareschal jagte so lange und führte Zweikämpfe so lange, bis er des einen wie des andern überdrüssig war und Miss Lucy Ilderton heimführte, die ihm gar bald Zügel anlegte.

Sir Frederick Langley verwickelte sich in den unglücklichen Aufstand von 1715 und fand in dem Treffen bei Preston ein unrühmliches Ende, während Sir Ratcliffe ein hohes Alter erreichte und auf dem Schlosse von Ellieslaw, wo er seinen Wohnsitz behalten hatte, starb. Jahrelang war er, ohne je zu verraten wo, im Frühjahr regelmäßig vier Wochen abwesend gewesen. Aber jedermann wusste, dass er diese Zeit bei seinem Freunde und Schützer verbrachte, dem unglücklichen Sir Edward. Dann war ein Tag gekommen, an welchem er in Trauerkleidern und mit Trauer im Herzen heimkehrte: Er hatte den edlen Menschenfeind zur Ruhe gebettet, der heute noch in der Gegend des Mucklestane-Moors weiter in freundlicher Erinnerung lebt als

der schwarze Zwerg.

Erzählungen der Frühromantik

1799 schreibt Novalis seinen Heinrich von Ofterdingen und schafft mit der blauen Blume, nach der der Jüngling sich sehnt, das Symbol einer der wirkungsmächtigsten Epochen unseres Kulturkreises. Ricarda Huch wird dazu viel später bemerken: »Die blaue Blume ist aber das, was jeder sucht, ohne es selbst zu wissen, nenne man es nun Gott, Ewigkeit oder Liebe.«

Tieck Peter Lebrecht **Günderrode** Geschichte eines Braminen **Novalis** Heinrich von Ofterdingen **Schlegel** Lucinde **Jean Paul** Des Luftschiffers Giannozzo Seebuch **Novalis** Die Lehrlinge zu Sais
ISBN 978-3-8430-1878-4, 416 Seiten, 29,80 €

Erzählungen der Hochromantik

Zwischen 1804 und 1815 ist Heidelberg das intellektuelle Zentrum einer Bewegung, die sich von dort aus in der Welt verbreitet. Individuelles Erleben von Idylle und Harmonie, die Innerlichkeit der Seele sind die zentralen Themen der Hochromantik als Gegenbewegung zur von der Antike inspirierten Klassik und der vernunftgetriebenen Aufklärung.

Chamisso Adelberts Fabel **Jean Paul** Des Feldpredigers Schmelzle Reise nach Flätz **Brentano** Aus der Chronika eines fahrenden Schülers **Motte Fouqué** Undine **Arnim** Isabella von Ägypten **Chamisso** Peter Schlemihls wundersame Geschichte **Hoffmann** Der Sandmann **Hoffmann** Der goldne Topf
ISBN 978-3-8430-1879-1, 408 Seiten, 29,80 €

Erzählungen der Spätromantik

Im nach dem Wiener Kongress neugeordneten Europa entsteht seit 1815 große Literatur der Sehnsucht und der Melancholie. Die Schattenseiten der menschlichen Seele, Leidenschaft und die Hinwendung zum Religiösen sind die Themen der Spätromantik.

Brentano Die drei Nüsse **Brentano** Geschichte vom braven Kasperl und dem schönen Annerl **Hoffmann** Das steinerne Herz **Eichendorff** Das Marmorbild **Arnim** Die Majoratsherren **Hoffmann** Das Fräulein von Scuderi **Tieck** Die Gemälde **Hauff** Phantasien im Bremer Ratskeller **Hauff** Jud Süss **Eichendorff** Viel Lärmen um Nichts **Eichendorff** Die Glücksritter
ISBN 978-3-8430-1880-7, 440 Seiten, 29,80 €

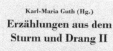

Dekadente Erzählungen

Im kulturellen Verfall des Fin de siècle wendet sich die Dekadenz ab von der Natur und dem realen Leben, hin zu raffinierten ästhetischen Empfindungen zwischen ausschweifender Lebenslust und fatalem Überdruss. Gegen Moral und Bürgertum frönt sie mit überfeinen Sinnen einem subtilen Schönheitskult, der die Kunst nichts anderem als ihr selbst verpflichtet sieht.

Rainer Maria Rilke Die Aufzeichnungen des Malte Laurids Brigge **Joris-Karl Huysmans** Gegen den Strich **Hermann Bahr** Die gute Schule **Hugo von Hofmannsthal** Das Märchen der 672. Nacht **Rainer Maria Rilke** Die Weise von Liebe und Tod des Cornets Christoph Rilke

ISBN 978-3-8430-1881-4, 412 Seiten, 29,80 €

Erzählungen aus dem Sturm und Drang

Zwischen 1765 und 1785 geht ein Ruck durch die deutsche Literatur. Sehr junge Autoren lehnen sich auf gegen den belehrenden Charakter der - die damalige Geisteskultur beherrschenden - Aufklärung. Mit Fantasie und Gemütskraft stürmen und drängen sie gegen die Moralvorstellungen des Feudalsystems, setzen Gefühl vor Verstand und fordern die Selbstständigkeit des Originalgenies.

Jakob Michael Reinhold Lenz Zerbin oder Die neuere Philosophie **Johann Karl Wezel** Silvans Bibliothek oder die gelehrten Abenteuer **Karl Philipp Moritz** Andreas Hartknopf. Eine Allegorie **Friedrich Schiller** Der Geisterseher **Johann Wolfgang Goethe** Die Leiden des jungen Werther **Friedrich Maximilian Klinger** Fausts Leben, Taten und Höllenfahrt

ISBN 978-3-8430-1882-1, 476 Seiten, 29,80 €

Erzählungen aus dem Sturm und Drang II

Johann Karl Wezel Kakerlak oder die Geschichte eines Rosenkreuzers **Gottfried August Bürger** Münchhausen **Friedrich Schiller** Der Verbrecher aus verlorener Ehre **Karl Philipp Moritz** Andreas Hartknopfs Predigerjahre **Jakob Michael Reinhold Lenz** Der Waldbruder **Friedrich Maximilian Klinger** Geschichte eines Teutschen der neusten Zeit

ISBN 978-3-8430-1883-8, 436 Seiten, 29,80 €

Lightning Source UK Ltd.
Milton Keynes UK
UKHW021849240123
415916UK00005B/109